50 श्रेष्ठ प्रेरणात्मक कहानियाँ

50 श्रेष्ठ प्रेरणात्मक कहानियाँ

निवेद मिश्रा

Sarvatra
An imprint of Manjul Publishing House

Sarvatra
An imprint of Manjul Publishing House

◆ द्वितीय तल, उषा प्रीत कॉम्प्लेक्स,
42 मालवीय नगर, भोपाल-462 003
◆ सी-16, सेक्टर 3, नोएडा, उत्तर प्रदेश, 201301
वेबसाइट : www.manjulindia.com

यह संस्करण 2025 में पहली बार प्रकाशित
द्वितीय आवृत्ति 2025

50 श्रेष्ठ प्रेरणात्मक कहानियाँ

ISBN 978-93-5543-598-9

निवेद मिश्रा इस पुस्तक के
लेखक होने की नैतिक ज़िम्मेदारी वहन करते हैं

मुद्रण व जिल्दसाज़ी : रेप्रो इंडिया लिमिटेड

अनुक्रमणिका

1

नाशपाती का पेड़

आज की कहानी हमें यह सिखाती है कि जीवन में बहुत सारे लोग मिलेंगे। अगर हम उनके व्यवहार के आधार पर यह निर्णय कर लें कि वे कैसे इंसान हैं, तो यह हमारी गलती हो सकती है। इसलिए, यह बहुत ज़रूरी है कि हम पहले उस व्यक्ति की स्थिति को समझें कि वह किन परिस्थितियों से गुज़र रहा है। उसके बाद ही उसके व्यवहार पर कोई निर्णय लें। ऐसा करने से कई ऐसे रिश्ते, जो हमारे जीवन में बहुत महत्वपूर्ण हैं, बच सकते हैं।

यह कहानी आने वाली पीढ़ी को सिखाना बेहद ज़रूरी है। इसमें एक गहरी समझ है, जो यदि वे सीख लें, तो वे अपने जीवन के कई रिश्तों को बचा सकते हैं।

एक राजा था जिसके तीन पुत्र थे। राजा ने अपने तीनों पुत्रों को बहुत अच्छी ट्रेनिंग दी थी और इतनी कुशलता से प्रशिक्षित किया था कि यदि राज्य उन्हें अभी दे दिया जाए, तो वे उसे बेहतरीन तरीके से चला सकते थे। लेकिन राजा को एक चीज़ की बहुत फ़िक्र थी। वह सोचता था, ''अगर मैं अपने बच्चों को राज्य सौंप दूँ और वे लोगों से सही ढंग से व्यवहार करना न सीखें, तो यह बहुत बड़ी समस्या बन जाएगी।''

राजा ने महसूस किया कि कई बार लोग धनवान तो हो जाते हैं, लेकिन इंसानों के साथ सही व्यवहार करना नहीं सीख पाते। यह एक बड़ी

कमी हो सकती है। इस बात से चिंतित राजा ने फैसला किया कि वह अपने बच्चों को एक अंतिम प्रशिक्षण देगा, जिससे वे लोगों से सही तरीके से व्यवहार करना सीख सकें।

राजा ने अपने तीनों बच्चों को बुलाकर कहा, ''मुझे बड़ी फ़िक्र है कि हमारे राज्य में नाशपाती का एक भी पेड़ नहीं है। मैंने सुना है कि नाशपाती का पेड़ बहुत अच्छा होता है और पास के राज्य में ऐसे बहुत सारे पेड़ हैं। मैं खुद तो नहीं जा सकता क्योंकि मेरे काम का बोझ बहुत अधिक है। इसलिए मैं चाहता हूं कि तुम तीनों भाई जाकर देखो कि नाशपाती का पेड़ कैसा होता है। यदि वह अच्छा हो, तो हम उसे अपने राज्य में लाने की व्यवस्था करेंगे।''

राजा ने एक शर्त रखी, ''तुम तीनों अलग-अलग समय पर जाओगे और अपने अनुभव मेरे साथ साझा करोगे।'' बच्चों ने इस पर सहमति जताई।

सबसे पहले बड़ा बेटा गया, उसके बाद दूसरा और अंत में सबसे छोटा। हर बच्चे की यात्रा के बीच चार महीने का अंतर था। जब तीनों अपनी-अपनी यात्रा पूरी कर चुके, तो वे पिता के पास लौटे और अपने अनुभव साझा करने लगे।

राजा ने पूछा, ''तो बताओ, कैसा रहा अनुभव?''

बड़े बेटे ने कहा, ''जो पेड़ मैंने देखा, वह तो बहुत अजीब था। उसमें न पत्ते थे और न फल। सिर्फ़ सूखी-सूखी शाखाएं थीं। मुझे नहीं लगता कि इस पेड़ को हमारे राज्य में लाना कोई मायने रखता है।''

मध्यम बेटे ने कहा, ''शायद भाई ने कोई और पेड़ देखा होगा। मैंने जो पेड़ देखा, वह हरा-भरा था, लेकिन उस पर फल नहीं थे।''

सबसे छोटे बेटे ने कहा, ''मुझे लगता है कि मेरे दोनों भाई अलग-अलग समय में किसी और पेड़ को देखकर आए हैं। मैंने जो पेड़ देखा, वह न केवल हरा-भरा था, बल्कि उसमें बहुत सारे फल भी लगे हुए थे। वह देखने में बेहद सुंदर था।''

राजा मुस्कुराए और बोले, ''मैंने तुम तीनों को अलग-अलग समय पर भेजा था ताकि तुम यह समझ सको कि मौसम के अनुसार एक ही पेड़ का स्वरूप बदलता है। यह बात मनुष्यों पर भी लागू होती है। हर व्यक्ति

समय और परिस्थितियों के अनुसार अलग–अलग व्यवहार कर सकता है। इसलिए किसी के बारे में निर्णय लेने से पहले उसकी परिस्थिति को समझना बहुत आवश्यक है।''

इस कहानी से हमें यह सीख मिलती है कि हर व्यक्ति का व्यवहार उसकी परिस्थितियों से प्रभावित होता है। यदि कोई व्यक्ति परेशान है, तो वह सामान्य बातों पर भी चिढ़ सकता है। वहीं, खुश रहने वाला व्यक्ति बुरी बातों को भी हल्के में ले सकता है। इससे व्यक्ति बुरा नहीं हो जाता; बस, उसकी परिस्थिति बुरी हो सकती है।

इसलिए, रिश्तों में कोई भी निर्णय लेने से पहले हमें यह ज़रूर सोचना चाहिए कि वह व्यक्ति किन हालातों से गुजर रहा है। यदि हम यह समझ पाए, तो अपने जीवन में कई महत्वपूर्ण रिश्तों को बचा सकते हैं।

2

बुद्ध की मूर्ति

यह कहानी हमें सिखाती है कि ज्ञान तो हमें बहुत सारा मिलता है – हम किताबें पढ़ते हैं, लोगों से सीखते हैं, लेकिन जब तक उस ज्ञान को अपने जीवन में लागू नहीं करते, वह व्यर्थ ही रहता है।

एक गुरु और शिष्य एक झोपड़ी में रहते थे, जो जंगल में स्थित थी। गुरुजी ध्यान, पूजा, और तपस्या में लीन रहते थे, जबकि शिष्य गुरुजी के सभी कार्यों में सहायता करता था। वह झोपड़ी की सफाई करता, पूजा की सामग्री लाता, और गुरुजी की सेवा में तत्पर रहता था। शिष्य गुरुजी से बहुत प्रेम करता था, और गुरुजी भी अपने शिष्य ने प्रति स्नेह रखते थे।

गुरुजी अक्सर कहा करते थे, ''यदि जीवन से कोई चीज़ या व्यक्ति चला गया है, तो समझ लो कि उसका समय पूरा हो गया था। उसे जाने देना ही सही है। इससे कभी परेशान मत होना।'' हालांकि, शिष्य छोटा था और इस बात को पूरी तरह समझ नहीं पाता था।

गुरुजी के पास बुद्ध की एक सुंदर मूर्ति थी, जिससे वे बहुत प्रेम करते थे। वे रोज़ उसकी पूजा करते, उसे साफ करते, और घंटों उसके पास बैठकर ध्यान लगाते। वह मूर्ति उनको अत्यंत प्रिय थी। शिष्य भी उस मूर्ति को आदर के साथ देखता और गुरुजी के प्रेम को समझने की कोशिश करता।

एक दिन शिष्य झोपड़ी की सफाई कर रहा था। उसके हाथ में एक बड़ा कपड़ा था जिससे वह हर चीज़ को पोंछ रहा था। सफाई करते हुए

गलती से वह कपड़ा बुद्ध की मूर्ति से टकरा गया, और मूर्ति जमीन पर गिरकर टूट गई। शिष्य की हालत खराब हो गई। उसके हाथ-पांव कांपने लगे, और वह डर के मारे सोचने लगा, ''अब गुरुजी को कैसे बताऊं? यह मूर्ति तो उनकी सबसे प्रिय थी। वे मुझे ज़रूर दंड देंगे।''

तभी उसने देखा कि गुरुजी झोपड़ी के अंदर आ रहे हैं। डर के मारे शिष्य ने मूर्ति के टूटे हुए टुकड़ों को जल्दी से उठाया और अपने पीछे छुपा लिया। गुरुजी ने शिष्य के हावभाव को देखकर पूछा, ''बेटा, तुमने पीछे क्या छुपा रखा है?''

शिष्य बोला, ''गुरुजी, मैं सब बताऊंगा, लेकिन पहले आपसे एक सवाल पूछना चाहता हूं।'' गुरुजी ने कहा, ''ठीक है, पूछो।''

शिष्य ने पूछा, ''गुरुजी, यदि जीवन में कोई चीज़, जो हमें बहुत प्रिय हो, खो जाए, टूट जाए, या दूर हो जाए, तो हमें क्या करना चाहिए?''

गुरुजी मुस्कुराए और बोले, ''मैं हमेशा यही कहता हूं - अगर कोई चीज़ या व्यक्ति तुम्हारी जिंदगी से चला गया है, तो समझ लो उसका समय पूरा हो चुका है। हमें इससे परेशान नहीं होना चाहिए।''

शिष्य ने उनकी बात सुनकर मूर्ति को अपने पीछे से निकाला और कहा, ''गुरुजी, इस मूर्ति का आपसे बिछड़ने का समय आ गया था। यह मेरे हाथ से गिरकर टूट गई।''

गुरुजी ने मुस्कुराते हुए कहा, ''बेटा, मैं समझ गया। लेकिन तुम इस बात को हमेशा याद रखना - जब भी कोई प्रिय चीज़ या व्यक्ति तुमसे दूर हो जाए, तो इसे स्वाभाविक मानकर स्वीकार करो। यही ज्ञान है।''

उस दिन से शिष्य ने गुरुजी की इस बात को अपने जीवन में उतार लिया। अब जब भी उसका कोई प्रिय व्यक्ति या वस्तु उससे दूर होती, वह मन में यही कहता, ''इसका समय पूरा हो गया था।'' इस सोच ने उसे मोह-माया से मुक्त कर दिया।

वह इतना सफल हुआ कि जो भी कमाता, उसे भगवान को समर्पित कर देता, यह मानकर कि सब कुछ भगवान का है और वे जब चाहें, उसे वापस ले सकते हैं।

अब इस कहानी से हम यह सीखते हैं कि जीवन में कई बार जो चीज़ें हम कमाते हैं या अर्जित करते हैं, उन्हें हम अपना मानने लगते हैं, मानो वे जिंदगी भर हमारे पास रहने वाली हैं। लेकिन यह ब्रह्मांड का नियम है कि जो भी चीज़ आपको मिली है, वह कभी न कभी आपसे बिछड़ने वाली है, क्योंकि इस दुनिया में हर चीज़ हर पल बदल रही है।

यदि हम इस परिवर्तन को स्वीकार नहीं कर पाएंगे, तो हमेशा मोह-माया के चक्र में फंसे रहेंगे और तड़पते रहेंगे। इसलिए, अगर जीवन में सच्ची खुशी और सच्ची आजादी चाहिए, तो सब कुछ ईश्वर को समर्पित कर दो। यह मान लो कि जो कुछ भी हमारे पास है, वह भगवान का दिया हुआ है और अंततः उसी के पास लौट जाएगा।

जो भी आपके पास है, उसे पूरी तरह जियो, उसका आनंद लो, और उसके साथ खुशी के पल बिताओ। यही सोच हमें इस क्षण में खुशी प्रदान कर सकती है और जीवन को संतोषपूर्ण बना सकती है।

3

50-50 लाइफ

ऐसा कहा जाता है कि हम इस धरती पर आधे-आधे कामों के लिए आते हैं। यानी आधा जीवन हम अपने लिए जीने के लिए और आधा दूसरों के लिए। लेकिन हम अक्सर अपनी ख्वाहिशों और तमन्नाओं से ऊपर नहीं उठ पाते, तो फिर दूसरों के लिए क्या करेंगे? इस कहानी के माध्यम से हम यह सीखेंगे कि अपने कार्य करते हुए और अपनी ख्वाहिशें पूरी करते हुए भी हम दूसरों के बारे में कैसे सोच सकते हैं और हमें ऐसा क्यों करना चाहिए।

एक राजा थे, जिनके पास एक संत आए। दोनों के बीच वार्तालाप चल रहा था। वे भोजन कर रहे थे और बहुत सारी बातें कर रहे थे। बातचीत के दौरान ''अधिकार की रोटी'' का विषय आया। राजा ने संत से पूछा, ''महाराज, यह अधिकार की रोटी क्या होती है?'' संत ने उत्तर दिया, ''एक दूर के गांव में एक बुढ़िया रहती है, जो इस प्रश्न का उत्तर आपको बहुत अच्छे से दे सकती हैं। उनके पास जाओ और उनसे पूछो।''

राजा ने बुढ़िया के ठिकाने का पता लगवाया और उसे ढूंढते हुए वहां पहुंचे। उन्होंने देखा कि वह एक छोटी-सी झोपड़ी में बैठी हुई थी और सूत को कातने का काम कर रही थी। वह बड़ी शांति से अपना काम कर रही थी।

राजा के मन में संकोच हुआ कि इस बुढ़िया को ज्ञान की बातें कैसे पता होंगी। उन्होंने सोचा, ''यह तो मोह-माया में खोई हुई है, अपना पेट

पालने के लिए सूत कात रही है। जो बातें संतों को भी नहीं पता, वह इसे कैसे पता हो सकती हैं?'' फिर भी राजा ने तय किया कि पूछने में कोई हर्ज़ नहीं है।

राजा ने बुढ़िया से पूछा, ''माता, क्या आप बता सकती हैं कि 'अधिकार की रोटी' क्या होती है? मेरे राज्य में एक संत आए थे, जिन्होंने कहा था कि आप इस बात को बहुत अच्छे से जानती हैं।''

राजा की बात सुनकर दादी माँ मुस्कुराईं और बोलीं, ''कल रात की बात है। मैं रोटियां बना रही थी। मेरी आधी रोटियां दीपक के उजाले में बनीं। उसी समय, मैंने देखा कि मशालों के साथ एक जुलूस निकल रहा है। उस जुलूस की रोशनी में मैंने बाकी की रोटियां बनाई और अपना दीपक बुझा दिया। जो रोटियां मैंने दीपक की रोशनी में बनाई थीं, वे मेरी हैं। लेकिन जो रोटियां मैंने जुलूस की मशालों की रोशनी में बनाई, वे उन जुलूस वालों की हैं। उन पर मेरा कोई अधिकार नहीं है। यही मेरी 'अधिकार की रोटी' है – जो मैंने अपनी रोशनी में बनाई।''

फिर उसने आगे कहा, ''जीवन भी ऐसा ही होता है। अक्सर हमें लगता है कि हमारी हर सफलता और उपलब्धि सिर्फ़ हमारी वजह से है। लेकिन यदि ध्यान से देखो, तो उसमें कई लोगों का योगदान होता है – तुम्हारे दोस्तों का, परिवार का, और सबसे बड़ा योगदान तुम्हारे माता–पिता का। इसीलिए यह बहुत ज़रूरी है कि जीते–जी हम इन सभी ऋणों को याद रखें और उनके लिए कुछ करें, जैसा उन्होंने तुम्हारे लिए किया है।''

बुढ़िया की बात सुनकर राजा की आंखें खुल गईं। उन्होंने सोचा, ''एक साधारण झोपड़ी में रहने वाली यह बुढ़िया इतनी बड़ी–बड़ी ज्ञान की बातें कर सकती है, और मैं, जो महलों में रहता हूं, इस ज्ञान का एक प्रतिशत भी नहीं जानता।''

उन्होंने समझा कि जीवन केवल अपनी सफलता के पीछे भागने का नाम नहीं है। यह दूसरों के लिए कुछ अच्छा करने का भी अवसर है। मनुष्य का शरीर समाज और जीवन को बेहतर बनाने के लिए बहुत कुछ कर सकता है। इसीलिए अपनी कामयाबी के साथ–साथ यह भी ध्यान देना चाहिए कि दूसरों के लिए क्या अच्छा किया जा सकता है। अपने जीवन में मिले ऋणों को पहचानकर उन्हें निश्चित रूप से चुकाना चाहिए।

4

मनहूस चेहरा

यह कहानी हमें बताती है कि इंसान कितने गहरे अंधविश्वास में जा सकता है। आपने अक्सर सुना होगा कि कुछ लोगों को ''मनहूस'' कहकर उनसे दूरी बना ली जाती है। लोग कहते हैं कि अगर किसी ''मनहूस'' व्यक्ति का चेहरा सुबह-सुबह देख लिया जाए, तो दिनभर के बनते काम बिगड़ जाते हैं।

एक बार एक गांव में ऐसा ही एक व्यक्ति था, जिसे लोग ''मनहूस'' मानते थे। पूरे गांव में चर्चा थी कि यदि उसका चेहरा कोई देख ले, तो उसके काम खराब हो जाते हैं। धीरे-धीरे यह बात पूरे राज्य में फैल गई और फिर राजा तक पहुंची। राजा ने यह सुनकर फैसला किया कि वह पहले उस व्यक्ति से मिलेंगे और फिर कोई निर्णय लेंगे।

राजा ने उस व्यक्ति से मिलने का समय तय किया। अगली सुबह सबसे पहले राजा ने उस व्यक्ति का चेहरा देखा और फिर अपने कामों में लग गए। पूरे दिन राजा इतना व्यस्त रहे कि उन्हें खाने का समय ही नहीं मिला। शाम को जब राजा को याद आया कि उन्होंने दिनभर कुछ नहीं खाया, तो उन्हें बहुत गुस्सा आया। उन्हें लगा कि यह सब उस व्यक्ति के कारण हुआ है। राजा ने सोचा कि ऐसा व्यक्ति अगर हमारे राज्य में रहेगा तो बनते हुए काम बिगड़ते रहेंगे और हमारा राज्य बर्बाद हो जाएगा।

राजा ने उस व्यक्ति को मृत्यु दंड देने का आदेश दिया। सिपाही उस व्यक्ति को पकड़कर दरबार में लाए। वह व्यक्ति डर से कांप रहा था और अपनी गलती के बारे में अनजान था। उस समय वज़ीर, जो राजा के सलाहकार थे, उनको उस व्यक्ति पर दया आ गई। उन्होंने हिम्मत करके पूछा, ''महाराज, आप इस व्यक्ति को सजा क्यों देना चाहते हैं?''

राजा ने जवाब दिया, ''यह व्यक्ति मनहूस है। मैंने इसका चेहरा देखा और पूरे दिन खाना नहीं खा पाया।''

तब वज़ीर ने बड़ी बुद्धिमानी से कहा, ''महाराज, अगर ऐसा है तो सबसे पहले इस व्यक्ति ने आपका चेहरा देखा था और अब इसे मृत्यु दंड दिया जा रहा है। इसका मतलब यह हुआ कि यह व्यक्ति नहीं, बल्कि आप स्वयं ज़्यादा मनहूस हैं।''

वज़ीर की बात को सुनकर राजा की आंखें खुल गईं। उन्हें समझ आया कि यह सब केवल उनकी मानसिकता का खेल था। राजा ने महसूस किया कि व्यक्ति का व्यक्तित्व बुरा नहीं होता, बल्कि उसे देखने का हमारा नज़रिया तय करता है कि वह अच्छा है या बुरा।

इस कहानी से हमें यह शिक्षा मिलती है कि कई बार हम अपनी मानसिकता के कारण लोगों के प्रति गलत धारणाएं बना लेते हैं। यह दुनिया उसी ईश्वर ने बनाई है जिसने हर व्यक्ति को बनाया है। यदि हम किसी चीज़ को बुरा मान लें और अपनी ऊर्जा उस पर केंद्रित करें, तो वह बुरा लगने लगेगा ।

इसलिए, जीवन में यदि सबकुछ अच्छा देखना चाहते हो, तो अच्छा सोचना शुरू करो। जैसा हम सोचते हैं, वैसा ही हमारा जीवन बनने लगता है। अच्छा सोचें, तो जीवन में सब अच्छा होगा।

5

कर भला तो हो भला

"कर भला तो हो भला" यह बात आपने कई बार सुनी होगी, और यह वास्तव में एक गहरी सच्चाई है। इस ब्रह्मांड में, जो भी कर्म आप करते हैं, वह किसी न किसी रूप में आपके पास लौटकर आता है।

यह कहानी एक पति-पत्नी की है, जिनके दो बच्चे और एक आया (नौकरानी) थी। कुल मिलाकर, उनका परिवार पाँच सदस्यों का था, और वे सभी खुशी-खुशी साथ रहते थे। पति-पत्नी दोनों नौकरी करते थे।

एक दिन, उन्हें किसी काम से बाहर जाना पड़ा। उन्होंने फैसला किया कि वे बच्चों को आया के पास छोड़ देंगे और शाम तक लौट आएंगे। योजना बनाकर वे अपने काम के लिए निकल गए। रास्ता लंबा था, तो वे बातचीत करते हुए जा रहे थे। वे सोच रहे थे कि यदि काम जल्दी निपट गया, तो वे जल्दी घर लौट आएंगे।

संयोग से उस दिन उन दोनों का काम जल्दी पूरा हो गया। अब उनके पास पूरा दिन बचा हुआ था। वे बहुत खुश थे की आज जल्दी घर पहुँच जाएंगे। उन्होंने सोचा, "घर चलकर बच्चों और आया को सरप्राइज देंगे। उन्हें जल्दी लौटता देख वे कितने खुश होंगे!" उन्होंने आगे प्लान किया कि बाज़ार जाएंगे और बच्चों के लिए कुछ अच्छा लेकर आएंगे।

यही सोचते हुए वे खुशी-खुशी घर लौट रहे थे। लेकिन जैसे ही वे अपनी सोसाइटी के पास पहुँचे, उन्होंने देखा कि किसी घर में आग

लगी हुई है। वहाँ से बहुत गहरा धुआं उठ रहा था। यह देखकर वे घबरा गए।

पत्नी ने कहा, ''हमें जाकर देखना चाहिए कि किसके घर में आग लगी है। हो सकता है किसी को हमारी मदद की ज़रूरत हो।''

पति, जो अपने बच्चों को देखने के लिए बहुत उत्साहित था, बोला, ''पहले चलो अपने घर चलते हैं और गाड़ी खड़ी कर देते हैं। उसके बाद आग वाले घर को देख लेंगे।''

पत्नी ने तुरंत जवाब दिया, ''नहीं! वहाँ शायद किसी को हमारी तुरंत ज़रूरत हो। पहले हमें वहाँ चलना चाहिए। घर तो हम थोड़ी देर बाद भी पहुँच सकते हैं।''

पति ने उसकी बात मान ली और गाड़ी आग वाले घर की ओर मोड़ दी।

वे लोग जैसे ही घटनास्थल पर पहुँचे, उन्होंने देखा कि बहुत तेज़ आग लगी हुई थी। आस-पड़ोस के लोग मिलकर आग से एक औरत को बाहर निकाल चुके थे। वह औरत ज़ोर-ज़ोर से रो रही थी और बार-बार कह रही थी, ''मेरे बच्चे अभी भी अंदर हैं। कोई उन्हें बचा लो!''

वह व्यक्ति, जो अभी-अभी गाड़ी चलाकर आया था, उसको यह सुनकर बहुत दया आई। उसने तुरंत अपने कपड़े पानी से भिगोए और अपने मुंह पर एक गीला कपड़ा लपेट लिया। फिर साहस जुटाकर वह जलते हुए घर के अंदर घुस गया। घर के अंदर चारों ओर घना धुआँ फैला हुआ था, और आग की लपटें काफी भयंकर थीं।

उसने जैसे-तैसे दोनों बच्चों को ढूंढा और उन्हें अपनी बाहों में लेकर सुरक्षित बाहर निकाल लाया। बाहर आते ही बच्चे ज़ोर-ज़ोर से रोने लगे और कहने लगे, ''हमारे दोस्त अभी भी अंदर हैं। कृपया उन्हें भी बचा लो!''

उस व्यक्ति ने उनसे पूछा, ''तुम्हारे दोस्त कहाँ हैं?'' बच्चों ने बताया कि वे पहली मंजिल पर हैं।

वह व्यक्ति रुक नहीं सका, उसने फिर से अपने कपड़े भिगोए, अपने मुंह पर गीला कपड़ा लपेटा और पहली मंजिल पर चला गया। वहाँ धुआँ

बहुत ज़्यादा था, लेकिन आग उतनी नहीं थी। उसने बच्चों को टटोलते हुए ढूंढा, उन्हें अपने कंधे पर बिठाया और बाहर निकलने लगा। जैसे ही वह बाहर आया, उसने महसूस किया कि बच्चों का स्पर्श उसे जाना-पहचाना लग रहा है। जब वह पूरी तरह धुएं से बाहर आया और उन बच्चों को देखा, तो पता चला कि वे उसी के अपने बच्चे थे।

यह देखकर उसकी पत्नी रोने लगी। वह अपने बच्चों को इस हालत में देखकर पूरी तरह टूट चुकी थी। उस व्यक्ति की आँखों में भी आँसू थे, लेकिन वह ईश्वर का धन्यवाद कर रहा था। उसने सोचा, ''अगर मैंने अपनी गाड़ी इस तरफ़ ना मोड़ी होती, तो आज मैं अपने बच्चों को खो बैठता।''

बाद में पता चला कि जिस आया के पास वे अपने बच्चों को छोड़कर गए थे, वह बाज़ार कुछ सामान लेने गई थी और बच्चों को पड़ोस में छोड़ गई थी।

इस कहानी से हमें यह सीख मिलती है कि जीवन में हमें दूसरों की मदद करने से कभी नहीं झिझकना चाहिए, भले ही उससे हमें तत्काल कोई लाभ न दिखे। यह ब्रह्मांड किसी का कर्ज नहीं रखता। जो भी अच्छा आप किसी के लिए करते हैं, वह किसी न किसी रूप में आपके पास लौटकर आता है।

इसलिए, जब भी और जितना हो सके, दूसरों की मदद ज़रूर करें। अगर हम ऐसा कर पाएँ, तो हमें अपनी चिंता छोड़ देनी चाहिए, क्योंकि फिर हमारी चिंता ईश्वर करने लगता है।

6

कोसना बंद करें

यह कहानी उन लोगों के लिए है, जो यह महसूस करते हैं कि उनके जीवन में कुछ भी अच्छा नहीं हो रहा। वे बार-बार नई चीजें आज़माते हैं, लेकिन फिर भी परिणाम उनकी अपेक्षाओं के अनुरूप नहीं आते। इससे वे निराश हो जाते हैं और कई बार डिप्रेशन का शिकार हो जाते हैं।

यदि आपके साथ भी ऐसा हो रहा है, तो सबसे पहला कदम है तो - अपने आप को कोसना बंद करना। अक्सर हम देखते हैं कि लोग दिन-रात खुद को ताने देते रहते हैं, "मैं यह काम भी नहीं कर पा रहा," या "मुझसे यह भी नहीं हो रहा।" इस आदत के कारण हमारा जीवन और अधिक कठिन और भारी हो जाता है।

आपने एक सत्य घटना के बारे में सुना होगा। एक गाँव में, लोग पेड़ों को काटते नहीं थे। अगर उन्हें किसी पेड़ को हटाना होता था, तो सभी गाँववाले एक साथ उस पेड़ के चारों ओर इकट्ठा हो जाते थे। वे दिन-रात उस पेड़ को कोसते थे, "यह पेड़ कितना बड़ा है," "यह यहाँ से क्यों नहीं हटता," और जितनी बुरी बातें कह सकते थे, सब कहते थे। कुछ समय बाद, वह पेड़ मुरझाने लगता और धीरे-धीरे मर जाता।

अब सोचिए, जब हम दिन-रात अपने आप को कोसते रहते हैं, तो हमारी हालत कैसी होती होगी? इसके विपरीत, यदि हम अपने आप को

कोसने के बजाय प्रोत्साहित करें, तो हमारा जीवन पूरी तरह बदल सकता है। हमें यह सोचना चाहिए, ''कोई बात नहीं, यह जीवन है, और हम इससे सीख रहे हैं। जो आज नहीं हुआ, वह कल ज़रूर होगा।''

यदि नकारात्मकता को छोड़कर हम खुद को मोटिवेट करने लगें, तो हमारा जीवन वर्तमान स्थिति से कहीं ऊंचाई तक पहुँच सकता है।

यहाँ ध्यान देने की बात है कि हम अपने साथ कैसा व्यवहार कर रहे हैं। यदि हम अपने आप से अच्छा व्यवहार करेंगे, तो हम दूसरों के साथ भी अच्छा व्यवहार करेंगे।

इसलिए, अपनी सारी चिंताओं और कामयाब होने की चाहत को कुछ समय के लिए भूल जाइए और अपने आप पर ध्यान दीजिए।

7

अच्छा पैसा, बुरा पैसा

यह कहानी हमें सिखाती है कि न्याय से कमाया गया पैसा और अन्याय से कमाया गया पैसा हमारे जीवन को कैसे प्रभावित करता है।

एक बार की बात है, एक सेठ जी थे, जो बहुत अमीर थे। उनके पास धन की कोई कमी नहीं थी, लेकिन उनकी धन की भूख असीमित थी। पैसा कमाने के लिए वह किसी का भी नुकसान कर सकते थे, और इस दौरान इंसानियत का ख्याल तक नहीं रखते थे। उनके लिए जीवन में सबसे महत्वपूर्ण चीज़ पैसा था।

सेठ जी ने धन तो खूब कमाया, लेकिन उनके जीवन में शांति नहीं थी। उनके घर में कभी बच्चा बीमार पड़ जाता, कभी वह खुद गंभीर बीमारी का शिकार हो जाते, या फिर कोई और अप्रिय घटना घट जाती, जिसमें उन्हें बहुत सारा पैसा खर्च करना पड़ता। उनके घर में पैसा टिक ही नहीं पाता था।

यह सब देखकर उनकी पत्नी, जो बहुत सात्विक और समझदार थीं, अक्सर कहतीं, ''मनुष्य को जीवन में केवल पेट भरने के लिए कुछ रोटियां और तन ढकने के लिए कुछ कपड़े चाहिए। इससे अधिक धन की लालसा क्यों?'' लेकिन सेठ जी उनकी बातों को अनसुना कर देते थे।

उनकी पत्नी ने कई बार समझाया कि जब पैसा अन्यायपूर्ण तरीकों से कमाया जाता है, तो वह अशांति और बुरी परिस्थितियाँ लेकर आता है। लेकिन सेठ जी को इस पर यकीन नहीं होता था।

एक दिन, सेठ जी ने यह पता करने का फैसला किया कि उनकी पत्नी की बात में कितनी सच्चाई है। उन्होंने एक सोने का सिक्का लिया और उस पर एक तरफ अपनी तस्वीर बनवाई। फिर उन्होंने एक बड़े कपड़े में वह सिक्का और कुछ पत्थर रखकर उसकी पोटली बनाई और चौराहे पर रख दिया।

वह देखना चाहते थे कि इस सिक्के का क्या होता है।

पूरा दिन बीत गया, लेकिन किसी ने पोटली को हाथ नहीं लगाया। लोगों को लगा कि यह कोई टोटका या कुछ और सकता है। शाम को, एक व्यक्ति चौराहे से गुज़रा और उसने उस पोटली को उठाकर तालाब में फेंक दिया। तालाब में बहुत सारी मछलियाँ थीं। उनमें से एक बड़ी मछली ने उस पोटली को निगल लिया।

अगली सुबह, एक मछुआरा तालाब पर मछली पकड़ने आया। उसने उस मछली को पकड़ लिया जिसने पोटली निगल ली थी। शाम को, जब मछुआरा मछली को काटने बैठा, तो उसने पोटली को मछली के पेट में पाया। जब पोटली खोली, तो उसमें से सोने का सिक्का निकला जिस पर सेठ जी की तस्वीर बनी थी।

मछुआरे ने निर्णय लिया कि वह यह सिक्का सेठ जी को लौटा देगा। वह सेठ जी के घर गया और सिक्का वापस कर दिया।

सेठ जी यह देखकर हैरान रह गए कि वह सिक्का, जो उन्होंने चौराहे पर रखा था, वापस उनके पास आ गया। उन्होंने सोचा, ''यह सिक्का मैंने अच्छे और ईमानदारी से कमाए धन से बनाया था। इसलिए यह मेरे पास लौट आया।''

इस घटना ने उनकी आँखें खोल दीं। उन्होंने महसूस किया कि अगर पैसा न्यायपूर्ण तरीकों से कमाया जाता है, तो वह कभी न कभी हमारे पास वापस आ ही जाता है। लेकिन यदि पैसा अन्यायपूर्ण तरीके से कमाया गया है, तो हम उसे कितना भी पकड़ने की कोशिश करें, वह हाथ से निकल ही जाएगा।

इस कहानी से हमें यह सीख मिलती है कि अक्सर हम चीज़ों को अपना समझकर पकड़ने की कोशिश करते हैं–जैसे, यदि हमने बहुत सारा पैसा कमा लिया, तो हम मान लेते हैं कि वह पूरी तरह हमारा है, या हमारे

बच्चे और परिवार केवल हमारे हैं। लेकिन इस ब्रह्मांड का नियम है कि हर कोई अपनी-अपनी जिंदगी जीने आया है; कोई भी किसी और के लिए नहीं आया। यह समझना अत्यंत महत्वपूर्ण है कि चाहे हम किसी को पकड़ने की कितनी भी कोशिश करें, वह रुकता नहीं, क्योंकि सब कुछ निरंतर बदल रहा है। हर सेकंड, हर वस्तु, हर परिस्थिति परिवर्तनशील है।

अगर हम इस बदलाव को अच्छे से ग्रहण कर सकें, तो जीवन बहुत सरल हो जाएगा। लेकिन यदि हम इस बदलाव को नहीं समझ पाते और चीज़ों को पकड़ने की कोशिश करते हैं, तो ऐसा कहा जाता है कि माया हमें घेर लेती है और हमें जकड़ लेती है। इसलिए, अगर हमें माया के चंगुल से बाहर निकलना है, तो हमें इस बदलाव को स्वीकार करना होगा और समझ लेना चाहिए कि कुछ भी हमारा नहीं है।

8

क्रोध पर काबू

अगर आपको भी ऐसा लगता है कि जब क्रोध आता है, तो आप उस समय अपना आपा खो देते हैं-अच्छा हो रहा है या बुरा, उस पर आपका कोई काबू नहीं रहता-तो यह कहानी आपके लिए है। इस कहानी में एक ऐसी बात बताई गई है, जिसे यदि आप अपनी ज़िंदगी में बार-बार अभ्यास करेंगे, तो आपका क्रोध आपके नियंत्रण में आ जाएगा। आप जब जैसा चाहेंगे वैसा ही करेंगे और क्रोध तभी करेंगे जब उसकी ज़रूरत होगी।

एक राजा था, जो अपने राज्य को बहुत अच्छे से चला रहा था। उसके राज्य में सभी लोग बहुत खुश थे। राजा के मंत्री, सिपाही, और गांव व राज्य के लोग, सभी उससे बहुत प्यार करते थे। लेकिन राजा एक बात को लेकर बहुत परेशान था-उसका बेटा, जो कि राजकुमार भी था, अत्यधिक गुस्सैल स्वभाव का था।

जब भी उसे गुस्सा आता, तो वह अपना आपा खो देता था। जो भी चीज़ उसके हाथ लगती, वह उसे फेंक देता या तोड़ देता। अगर किसी व्यक्ति पर गुस्सा आता, तो उससे दुर्व्यवहार करता या उसे नौकरी से निकाल देता। इस कारण राज्य के लोग राजकुमार के व्यवहार से बहुत परेशान थे।

राजा भी इस स्थिति को देखकर चिंतित रहता था। राजा मूल रूप से बहुत दयालु स्वभाव का था, और लोग उससे बेहद प्रेम करते थे। लेकिन अपने बेटे के इस व्यवहार के कारण राजा का मन बेचैन रहता। वह बार-

बार सोचता कि ऐसा क्या किया जाए जिससे उसका बेटा शिष्ट और शांत स्वभाव का बन सके और राज्य के लोगों से अच्छा व्यवहार करना सीखे।

कुछ दिनों बाद राजा को पता चला कि राज्य में एक नया गुरुकुल खुला है। इस गुरुकुल के गुरु के बारे में कहा जाता था कि वे ऐसी विधियाँ सिखाते हैं, जिनसे लोगों का क्रोध पूरी तरह समाप्त हो जाता है। यह सुनकर राजा बहुत प्रसन्न हुआ और उसने तय किया कि वह अपने बेटे को गुरु के पास लेकर जाएगा ताकि उसके क्रोध का इलाज करवा सके।

राजा ने तुरंत अपने बेटे को साथ लिया और गुरुकुल पहुँच गया। गुरु को प्रणाम करते हुए राजा ने कहा, ''गुरुदेव, मैंने सुना है कि आप क्रोध को नियंत्रित करने की कला सिखाते हैं। मेरा बेटा बहुत गुस्सैल स्वभाव का है। क्या आप उसे ठीक कर सकते हैं?''

गुरु ने मुस्कुराते हुए कहा,''आपने बिल्कुल सही सुना है। इस बच्चे को यहां छह महीने के लिए यहाँ छोड़ दीजिए। छह महीने बाद जब आप आएंगे, तो देखेंगे कि इसका गुस्सा पूरी तरह खत्म हो चुका है। और संभव है कि इसमें कुछ अच्छे गुण भी विकसित हो जाएं।''

राजा गुरुजी की बात सुनकर खुश तो हुआ, लेकिन उसके मन में एक शंका भी थी। उसने सोचा, ''मैंने इतने साल लगा दिए, फिर भी अपने बेटे का स्वभाव नहीं बदल सका। आखिर ये छह महीने में ऐसा क्या कर सकते हैं, जिससे यह ठीक हो जाएगा?''

फिर भी, राजा ने लोगों से इन गुरुजी की बहुत प्रशंसा सुनी थी, इसलिए उसे कहीं न कहीं विश्वास भी था कि यह संभव हो सकता है।

राजा अपने पुत्र को गुरुकुल में छोड़कर अपने राजमहल लौट गया। छह महीने बाद जब वह वापस आया और अपने बेटे को देखा, तो उसे अपनी आँखों पर विश्वास नहीं हुआ। उसका राजकुमार, जो पहले हर समय गुस्से में रहता था, अब पूरी तरह बदल चुका था। वह बहुत ही शालीनता और प्रेमपूर्वक बात कर रहा था। गुस्से का तो नामोनिशान भी नहीं था।

राजा यह देखकर बहुत प्रसन्न हुआ और आश्चर्य से भर गया। वह सोचने लगा, ''आखिर गुरुजी ने ऐसा क्या किया होगा कि छह महीने में मेरा बेटा इतना बदल गया? यह तो एक चमत्कार जैसा है!''

राजा अपने बेटे को लेकर खुशी-खुशी राज्य लौट गया। कुछ दिनों बाद वह फिर से गुरुकुल गया और गुरुजी से विनम्रतापूर्वक कहा, "गुरुदेव, मैंने छह महीने पहले अपने बेटे को आपके पास छोड़ा था। आज वह पूरी तरह बदल चुका है। वह वैसा ही बन गया है जैसा मैं चाहता था। कृपया मुझे यह बताने की कृपा करें कि आपने ऐसा क्या किया जिससे यह परिवर्तन संभव हो सका?"

गुरु मुस्कुराए और राजा से बोले, "यह तो बहुत ही आसान है। यदि आप इसे समझ लें और अभ्यास करें, तो आप भी अपने क्रोध पर काबू पा सकते हैं। मैं बच्चों को आमने-सामने खड़ा करता हूं और उन्हें दो शर्तों के साथ एक अभ्यास करने को कहता हूं।

पहली शर्त यह होती है कि उन्हें एक-दूसरे पर जितना गुस्सा करना हो, कर सकते हैं, लेकिन वह गुस्सा पूरी तरह झूठा होना चाहिए। दूसरी शर्त यह होती है कि गुस्से के दौरान वे एक-दूसरे को छू नहीं सकते।

बच्चे इस काम को करते हुए धीरे-धीरे समझ जाते हैं कि गुस्सा वास्तव में झूठा होता है। हम खुद इसे उत्पन्न करते हैं; यह कहीं बाहर से नहीं आता। जब यह बात वे समझ लेते हैं तो उन्हें यह अहसास होता है कि गुस्से को नियंत्रित किया जा सकता है। वे सीख जाते हैं कि गुस्से को कब, कहां, और कैसे व्यक्त करना है।

हम अक्सर क्रोध में अपना आपा खो देते हैं और गलत काम कर बैठते हैं। लेकिन यदि गुस्सा हमारे नियंत्रण में हो, तो हम रिश्तों को बचा सकते हैं और मुश्किल हालात को भी बेहतर तरीके से संभाल सकते हैं। यही वह समझ है जो मैंने आपके बेटे को सिखाई।"

राजा यह सुनकर बहुत प्रसन्न हुए और बोले, "गुरुदेव, आपने मुझे भी एक महत्वपूर्ण शिक्षा दी है। मैं इसे अपनी जिंदगी में ज़रूर अपनाऊंगा और इसका लाभ उठाऊंगा।"

इस कहानी से हम यह सीखते हैं कि गुस्से में किए गए कार्य या बोले गए शब्द अक्सर ऐसे पछतावे का कारण बन जाते हैं, जो हमें जीवनभर कचोटते हैं। यदि हम अपने क्रोध पर नियंत्रण करना सीख लें, तो न केवल हम वही कर पाएंगे जो वास्तव में करना चाहते हैं, बल्कि वही कहेंगे जो सही और आवश्यक है।

कई बार, गुस्से में हम किसी को कठोर शब्द कह देते हैं, और फिर लंबे समय तक यह सोचकर परेशान रहते हैं कि ऐसा क्यों कहा। इसलिए, यह अत्यंत महत्वपूर्ण है कि हम इस कला को अपनाने का प्रयास करें और इसे बार-बार अभ्यास में लाएं। क्रोध पर काबू पाने लेने से जीवन की बड़ी से बड़ी मुश्किलें भी हमारे नियंत्रण में आ सकती हैं।

9

आज़ाद परिंदे

इस कहानी से हम यह सीखेंगे कि जिन लोगों को आज़ाद रहने की आदत होती है, वे किसी को अपना मालिक नहीं बनाते। ऐसे लोग आज़ाद परिंदों की तरह उड़ना चाहते हैं और दूसरों के काबू में नहीं आते। आपने देखा होगा कि कुछ लोग अपने टैलेंट, पैसे, या बड़ी चीज़ों का दिखावा करके दूसरों को अपने नियंत्रण में लाना चाहते हैं। लेकिन जो लोग स्वतंत्र रहना पसंद करते हैं, वे कभी उनके काबू में नहीं आते।

एक जंगल में एक उल्लू रहता था। एक दिन सुबह-सुबह उसे महसूस हुआ कि अब वह दिन में भी देख सकता है। इस नई क्षमता से वह बहुत खुश हो गया। वह खुशी के मारे झूमने लगा और सोचने लगा कि वह पक्षियों में सबसे बेहतर है। उसने सोचा, ''पक्षी या तो दिन में देख सकते हैं या रात में। लेकिन मैं दोनों समय देख सकता हूं। रात में तो मैं देख ही लेता था, अब दिन में भी देख सकता हूं।''

इस विचार ने उसके मन में एक और ख्याल ला दिया : ''क्यों न मैं पक्षियों का राजा बन जाऊं?'' यह सोचते ही वह और उत्साहित हो गया और उसने तुरंत निर्णय लिया कि वह एक पंचायत बुलाकर सभी पक्षियों को यह बात बताएगा।

उसने गिलहरी को बुलाया और कहा, ''जाओ, सारे पक्षियों को पंचायत के लिए बुला लाओ।'' गिलहरी ने ऐसा ही किया, और मोर, तोता, कोयल, गिद्ध समेत सभी पक्षी वहां इकट्ठा हो गए।

कोयल ने पूछा, ''हमें यहां क्यों बुलाया गया है?''

उल्लू ने उत्तर दिया, ''मुझे लगता है कि मुझे तुम सबका राजा होना चाहिए।''

कोयल हंस पड़ी और बोली, ''ऐसा क्यों लगता है तुम्हें? तुम्हारे पास ऐसी क्या विशेषता है कि हम तुम्हें राजा मानें?''

उल्लू ने गर्व से कहा, ''मैं दिन और रात, दोनों में देख सकता हूं।''

कोयल ने उत्तर दिया, ''तो क्या हमें चमगादड़ को राजा बना लेना चाहिए? वह भी रात में देख सकता है।''

उल्लू ने कहा, ''लेकिन वह केवल रात में देख सकता है। मैं तो दिन और रात, दोनों समय देख सकता हूं। सोचो, अगर मैं दिन-रात तुम सबकी सुरक्षा कर पाऊं, तो तुम कितने सुरक्षित रहोगे।''

तभी तोता बोला, ''हमारे पास और भी महान पक्षी हैं। जैसे, कोयल को देखो-उसकी सुरीली आवाज कितनी प्यारी है। वह कितना अच्छा गाना गाती है, जिससे हमें आनंद मिलता है। अगर राजा बनाना है, तो किसी ऐसे पक्षी को बनाएं, जो हमारे लिए कुछ उपयोगी चीजें ला सके।''

इसके बाद कोयल ने कहा, ''हम आज़ाद परिंदे हैं। जो आज़ाद परिंदे होते हैं, वे कभी किसी को अपना राजा नहीं बनाते। उन्हें खुलकर आसमान में उड़ने की आदत होती है।''

यह सुनकर सभी पक्षी वहां से चले गए, और उल्लू अकेला बैठा रह गया।

इस कहानी से हमें यह सीख मिलती है कि दुनिया में कई लोग अपनी बड़ी चीज़ों का दिखावा करके हमें काबू में करना चाहते हैं। समस्या यह है कि हम उनकी इस चाल में फंस जाते हैं और खुद को उनसे कमतर मानने लगते हैं।

हमें यह समझने की आवश्यकता है कि हर व्यक्ति में कुछ न कुछ खासियत होती है। बाहरी दिखावे से प्रभावित होने की बजाय, अपनी खूबियों पर ध्यान दें। यह तय करें कि आपको किसी के अधीन काम करना है या उनके साथ मिलकर स्वतंत्रता से काम करना है।

10

परेशानी का हल

इस कहानी से हम सीखेंगे कि जब जीवन में बहुत सारी समस्याएं आती हैं, तो उनके समाधान भी अक्सर उन्हीं समस्याओं में छिपे होते हैं। बस हमें ध्यानपूर्वक समझने और देखने की आवश्यकता होती है।

एक राजा था, जो अपने राज्य को बहुत कुशलता से चला रहा था। उसके राज्य के लोग खुशहाल थे। लेकिन राजा यह चाहता था कि उसके राज्य के लोग भोले-भाले न हों, बल्कि तीव्र बुद्धि और चतुर हों, ताकि कोई उन्हें धोखा न दे सके। इसीलिए वह समय-समय पर ऐसे प्रयोग करता था, जो लोगों को नई बातें सिखा सकें।

एक दिन राजा ने आदेश दिया कि राज्य के सभी लोगों को बुलाया जाए। जब सभी इकट्ठा हो गए, तो राजा ने प्रत्येक व्यक्ति को 10-10 सोने की अशर्फियां दीं और तीन शर्तें रखीं :

राजा ने कहा, ''यह अशर्फियां तुम्हें तीन दिनों के भीतर खर्च करनी हैं, लेकिन इसके लिए मेरी तीन शर्तें हैं। पहली शर्त यह है कि तुम इन अशर्फियों को मेरा चेहरा देखे बिना खर्च नहीं कर सकते। दूसरी शर्त यह है कि तुम लोग मुझे बताओगे कि इन अशर्फियों को कहां और कैसे खर्च किया गया और तीसरी और अंतिम शर्त यह है कि यदि तुम इन्हें तीन दिनों के भीतर खर्च नहीं कर पाए, तो ये अशर्फियां मुझे वापस करनी होंगी।''

राज्य के लोग थोड़ा परेशान तो हुए, लेकिन वे अशर्फियां लेकर खुशी-खुशी घर लौट गए। अगले दिन सुबह सभी लोग राजा का चेहरा देखने के लिए महल पहुंचे, लेकिन वहां एक बड़ा ताला लगा हुआ था। निराश होकर वे लौट गए। यह घटना अगले दो दिनों तक दोहराई गई।

तीन दिन बाद, जब राजा वापस आया, तो सभी लोग महल पहुंचे और अपनी अशर्फियां लौटाने लगे। राजा ने पूछा, ''आप लोगों ने अशर्फियां क्यों वापस कीं? इन्हें खर्च क्यों नहीं किया?''

लोगों ने गुस्से में कहा, ''महाराज, आप यहां थे ही नहीं। जब आपका चेहरा ही नहीं देखा, तो हम अशर्फियां खर्च कैसे करते?''

लेकिन वहां एक व्यक्ति ऐसा भी था, जिसने अशर्फियां खर्च कर दी थीं। राजा ने उससे पूछा, ''तुमने अशर्फियां कैसे खर्च कीं, जबकि मैं यहां नहीं था?''

उस व्यक्ति ने उत्तर दिया, ''महाराज, मैंने हर दिन आपका चेहरा देखा।''

राजा ने आश्चर्य से पूछा, ''कैसे? मैं तो यहां था ही नहीं।''

व्यक्ति ने मुस्कुराकर कहा, ''जो अशर्फियां आपने दी थीं, उनमें आपका चित्र अंकित था। मैंने हर बार अशर्फी पर आपका चित्र देखा और फिर उन्हें खर्च किया।''

यह सुनकर राजा मुस्कुराया और राज्य के सभी लोगों से कहा, ''जीवन में जब भी कोई समस्या आए, तो ध्यान से देखें। समस्या का समाधान अक्सर उसी में छिपा होता है।''

लोग उस बुद्धिमान व्यक्ति की चतुराई से प्रभावित हुए और राजा के शब्दों से प्रेरित होकर नई सीख लेकर लौटे।

यह कहानी हमें सिखाती है कि जब भी जीवन में समस्याएं आएं, तो घबराने के बजाय शांत होकर उनका समाधान ढूंढने की कोशिश करें। हर समस्या के भीतर उसका हल छिपा हो सकता है - बस हमें सही दृष्टिकोण और धैर्य की आवश्यकता है।

11

आज के समय में अज्ञानी को ज्ञान देना

यह कहानी हमें यह सिखाती है कि आज के समय में, यदि कोई अवतार भी ले ले, तो हम उससे भी सीखने की इच्छा नहीं रखेंगे। यदि भगवान स्वयं आकर हमें कुछ सिखाना चाहें, तो भी हम सीखने को तैयार नहीं होंगे। इसका कारण यह है कि हमारे अंदर पहले से ही इतना ज्ञान भरा हुआ है। हमने इतना कुछ पढ़ लिया है और देखा है कि हमें लगता है, ''बस यही सत्य है।'' और यदि कोई हमें कुछ नया सिखाने की कोशिश भी करेगा, तो हम उसे पागल समझ लेंगे।

एक व्यक्ति था, जो अंधा था और अकेला रहता था। उसका कोई परिवार नहीं था। वह अपने लाठी के सहारे चलते-चलते अपना जीवन व्यतीत करता था। रास्ते में वह लोगों से खाने के लिए कुछ मांग लेता था। एक दिन वह चलते-चलते रास्ता भटक गया और एक रेगिस्तान की ओर मुड़ गया।

रेगिस्तान में बहुत देर तक चलने के बाद उसे महसूस हुआ कि वहाँ कुछ भी नहीं है। उसे लगा कि अब उसकी मृत्यु करीब है, क्योंकि वहाँ न तो कोई उसे देख सकता था और न ही कोई उसे भोजन या पानी दे सकता था। प्यास से तड़पते हुए वह हताश होकर बैठ गया।

तभी उसे लगा कि किसी ने उसके कंधे पर हाथ रखा और कहा, ''भाई, चलो। मैं तुम्हें रास्ता दिखाता हूँ।'' इस स्पर्श और आवाज़ से अंधे व्यक्ति में नई ऊर्जा आ गई। उसने उस अजनबी का धन्यवाद किया और उसके साथ चल पड़ा।

वे दोनों लंबे समय तक साथ चलते रहे, और उनमें आपस में बहुत सारी बातें हुईं। चलते-चलते रात हो गई, और उन्होंने एक जगह रुककर विश्राम करने का निर्णय लिया।

सुबह, अंधा व्यक्ति सबसे पहले उठा। उसने अपनी लाठी को टटोलकर ढूंढने की कोशिश की, लेकिन उसे वह कहीं नहीं मिली। तभी उसका हाथ एक चिकनी और लंबी चीज़ पर पड़ा। उसे लगा कि भगवान ने उसकी पुरानी लाठी बदलकर एक नई, बेहतर लाठी उसे दी है। उसने खुश होकर उस वस्तु को उठा लिया।

उसी समय, दूसरा व्यक्ति जाग गया। उसने देखा कि अंधा व्यक्ति एक बड़े सांप को पकड़े खड़ा था, जो ठंड के कारण अकड़ गया था और लाठी जैसा प्रतीत हो रहा था। वह व्यक्ति जोर से चिल्लाया और कहा, ''तुरंत उसे छोड़ दो! यह लाठी नहीं, बल्कि एक बड़ा सांप है!''

तो जो अंधा व्यक्ति था, उसे बहुत तेज़ गुस्सा आया। उसने कहा, ''मैंने तुम्हें अपना मित्र माना था, लेकिन तुम मेरी कामयाबी से जल रहे हो। मेरे पास यह इतना अच्छा डंडा आ गया है और तुम चाहते हो कि मैं इसे फेंक दूं, ताकि तुम इसे ले सको। मुझे तुमसे यह उम्मीद नहीं थी, लेकिन तुमने मेरे साथ बहुत बुरा किया है।''

दूसरे व्यक्ति ने समझाते हुए कहा, ''मैं तुमसे झूठ नहीं बोल रहा हूं। जो कुछ तुमने हाथ में पकड़ा है, वह एक बहुत बड़ा सांप है। ठंड के कारण वह अकड़ गया है, लेकिन जैसे ही धूप निकलेगी, वह फिर से सामान्य हो जाएगा और तुम्हें काट लेगा। इसलिए इसे तुरंत फेंक दो।''

अंधा व्यक्ति और भी गुस्से में आ गया और बोला, ''अब मैं एक पल भी तुम्हारे साथ नहीं रहना चाहता। मैं अपने रास्ते चलता हूं, तुम अपने रास्ते जाओ।''

यह कहकर वह अंधा व्यक्ति अपने रास्ते पर चल पड़ा।

थोड़ी देर बाद धूप निकली। जैसे ही धूप सांप पर पड़ी, वह सामान्य हो गया। सांप ने अंधे व्यक्ति को काट लिया, और वह अंधा व्यक्ति वहीं पर मर गया।

इस कहानी से हमें यह सीखने को मिलता है कि कई बार हम उन लोगों को सिखाने की कोशिश करते हैं, जो सिखना ही नहीं चाहते। उन्हें लगता है कि वे इस दुनिया में सबसे समझदार हैं।

यदि कभी हमें ऐसा लगे कि हम बहुत ज्ञानी और समझदार हैं, तो यह संभव है कि हम भी उसी अंधे व्यक्ति की श्रेणी में आते हों। इस दुनिया में कोई भी पूर्णत: ज्ञानी नहीं है। हर व्यक्ति हर पल कुछ न कुछ सीख रहा है।

इसलिए, यदि हमारे अंदर ज्ञान का अहंकार है, तो हमें इसे समझने और नियंत्रित करने की आवश्यकता है। यह भी समझना चाहिए कि हम कभी पूर्णत: ज्ञानी नहीं हो सकते। जब कोई हमें कुछ समझाने की कोशिश करता है, तो हमें उसे कम से कम एक बार ध्यान से सुनने और समझने का प्रयास अवश्य करना चाहिए।

12

अंधेरी गुफा

यह कहानी उन लोगों के लिए है जो निस्वार्थ भाव से दूसरों का भला करते हैं और बदले में कुछ नहीं चाहते, बल्कि केवल परोपकार करना चाहते हैं।

एक गुरुकुल था, जिसमें एक संत रहते थे। वे बहुत ज्ञानी थे और बच्चों को बहुत कुशलता से शिक्षा और प्रशिक्षण देते थे। उनकी इस योग्यता के कारण दूर-दूर के गांवों और राज्यों में उनका नाम जाना जाता था। एक आदर्श अध्यापक के रूप में उनकी ख्याति थी।

उनके पास कुछ बच्चे प्रशिक्षण लेने आए थे, जिनकी शिक्षा अब पूरी होने वाली थी। संत इस बात से बहुत खुश थे कि आज बच्चों को अंतिम शिक्षा दी जाएगी। उन्होंने सभी बच्चों को अपने पास बुलाया। जब बच्चे उनके सामने खड़े हो गए, तो उन्होंने कहा,

''तुम सबने अपने प्रशिक्षण के दौरान बहुत मेहनत की है, और मैं तुम सभी पर गर्व करता हूं। आज तुम्हारे प्रशिक्षण का अंतिम दिन है। आज तुम्हें एक आखिरी परीक्षा से गुजरना होगा। यह परीक्षा एक दौड़ के रूप में होगी, जिसमें कई बाधाएं होंगी। इन बाधाओं को पार करने के बाद, अंतिम और सबसे कठिन बाधा एक काली सुरंग होगी। यह सुरंग पूरी तरह अंधेरे से भरी है। जो इस सुरंग को पार कर लेगा, उसकी शिक्षा और प्रशिक्षण को पूर्ण माना जाएगा।''

बच्चे इस घोषणा से उत्साहित तो थे, लेकिन उनके मन में डर भी था। सभी के मन में यह प्रश्न था कि उस काली सुरंग में क्या होगा और क्या वे उसे पार कर पाएंगे।

सभी ने अपनी-अपनी तैयारी पूरी कर ली। सुबह होते ही वे संत के पास पहुँचे और विनम्रतापूर्वक पूछा, ''गुरुजी, दौड़ कब शुरू होगी?''

संत मुस्कुराए और बोले, ''दौड़ जल्द ही शुरू होने वाली है। तैयार रहो।''

थोड़ी देर बाद दौड़ शुरू कर दी गई। सभी शिष्य पूरी ऊर्जा और उत्साह के साथ दौड़ में भाग लेने लगे। वे अपनी-अपनी गति से दौड़ते हुए बाधाओं को पार करते जा रहे थे।

कुछ समय बाद, उन्हें वह काली सुरंग दिखाई दी, जो अंतिम चुनौती थी। सभी बच्चे थोड़ा घबरा गए लेकिन उनकी प्रतिस्पर्धा की भावना ने उन्हें आगे बढ़ने के लिए प्रेरित किया।

जैसे ही वे सुरंग के अंदर घुसे, उन्होंने महसूस किया कि उनके पैरों में कुछ चुभने लगा। सुरंग की जमीन पर नुकीले पत्थर बिखरे हुए थे, जो चलने में बाधा उत्पन्न कर रहे थे।

तो जो सारे शिष्य थे, वे आपस में लड़ते हुए, एक-दूसरे को धक्का मारते हुए आगे बढ़ते चले जा रहे थे।

कुछ समय बाद, सभी शिष्यों ने दौड़ पूरी कर ली और गुरुजी के सामने आकर खड़े हो गए। गुरुजी ने पूछा,

''आप सभी ने दौड़ साथ में शुरू की थी, फिर कुछ लोग जल्दी क्यों आ गए और कुछ लेट क्यों हुए? ऐसा क्या हुआ?''

इस पर कुछ शिष्यों ने जवाब दिया,

''गुरुजी जब हम उस सुरंग में घुसे, तो वहां बहुत सारे नुकीले पत्थर पड़े हुए थे, जो हमारे पैरों में चुभ रहे थे और बहुत दर्द हो रहा था। कुछ लोग उन पत्थरों से बचते हुए तेज़ गति से निकल गए, कुछ एक-दूसरे को धक्का देकर आगे बढ़ गए। लेकिन कुछ लोग ऐसे भी थे, जिन्होंने उन पत्थरों को उठाकर अपनी जेब में रख लिया, ताकि जो लोग पीछे आ रहे थे, उनके पैरों में वह पत्थर न चुभें।''

गुरुजी मुस्कुराए और बोले,

''जो लोग पत्थर उठा रहे थे, वे मेरे पास आएं और मुझे दिखाएं कि आपने अपनी जेब में क्या इकट्ठा किया है।''

जो शिष्य पत्थर उठा रहे थे, वे गुरुजी के सामने आ गए। उन्होंने अपनी जेब में हाथ डाला और जैसे ही उसे बाहर निकाला, तो उसमें हीरे थे। यह देखकर सभी शिष्य चौंक गए और भौंचक्के रह गए।

गुरुजी ने कहा,

''जो लोग दूसरों के लिए कष्ट सहते हुए उनका भला करते हैं, उनकी जिंदगी में हीरे अपने आप आ जाते हैं।''

यह कहानी हमें सिखाती है कि कई बार हम दूसरों की सहायता बहुत आसानी से कर सकते हैं, लेकिन हम नहीं करते। इसकी वजह यह है कि हम अपनी जिंदगी में इतने व्यस्त होते हैं और हमारी इच्छाएं इतनी बड़ी होती हैं कि हमें केवल अपनी तरक्की और लाभ की ही चिंता रहती है।

हम न तो अपना समय देना चाहते हैं, न अपना धन, और न ही अच्छे शब्दों से किसी का उत्साह बढ़ाना चाहते हैं।

हमें यह समझने की ज़रूरत है कि जब हम देना शुरू करते हैं-चाहे वह समय हो, धन हो, या शब्दों से सहायता-तो हमें मिलना भी शुरू हो जाता है।

13

हमारी पुरानी मान्यताएं

इस कहानी से हम यह समझ सकते हैं कि जो मान्यताएं हम लंबे समय से मानते चले आ रहे हैं, वे ज़रूर नहीं कि सही हों। जब हम उनकी गहराई में जाकर, उनकी जड़ों को समझते हैं, तो हमें पता चलता है कि उनमें से कई मान्यताओं का कोई ठोस अर्थ नहीं है।

एक सेठ जी अपने चार बच्चों के साथ एक गांव में रहते थे। उनके पास बहुत धन-दौलत थी, और पूरे गांव में उनका नाम आदर और सम्मान के साथ लिया जाता था। वे एक सज्जन और प्रतिष्ठित व्यक्ति थे।

सेठ जी की एक खास आदत थी। जब भी वे खाना खाते, तो टूथपिक से अपने दांत साफ करते और फिर उस लकड़ी के टुकड़े को पूजा की अलमारी के ऊपर बनी एक छोटी सी अलमारी में रख देते। यह उनकी दिनचर्या का हिस्सा था और लंबे समय तक ऐसा ही चलता रहा।

सेठ जी के बच्चे अक्सर उन्हें यह करते हुए देखते थे, लेकिन उन्होंने कभी इस आदत पर ज़्यादा ध्यान नहीं दिया।

समय बीतने के साथ सेठ जी का देहांत हो गया। उनके बच्चे उनकी निशानियों को संभालने लगे। तभी उनमें से एक बच्चे को याद आया कि पिताजी खाना खाने के बाद एक लकड़ी का टुकड़ा उस छोटी अलमारी में रखते थे। बच्चे ने अलमारी खोलकर देखा, तो वहां एक टूथपिक रखी हुई थी।

बच्चों ने सोचा कि यह पिताजी की आखिरी निशानी है और इसे पूजा की अलमारी में रख देना चाहिए, ताकि इसका आदर हो सके और यह अच्छी तरह से रखी भी रहेगी। तो उन्होंने उस टूथपिक को पूजा की अलमारी में रख दिया।

समय के साथ बच्चे बड़े हो गए, और वह लकड़ी का टुकड़ा पुराना होकर सड़ने लगा। बच्चों ने सोचा कि यह अब खराब हो गया है, तो इसे बदल देना चाहिए। तो बच्चों ने वही किया। वे एक बड़ी सी चंदन की लकड़ी लेकर आए और उसे पूजा की अलमारी में रख दिया। समय बीतता गया, और उनके बच्चे हुए। बच्चों ने देखा कि पूजा की अलमारी में एक लकड़ी रखी हुई है। उन्होंने अपने पिता से पूछा, ''पापा, यह क्या है?''

पिता ने जवाब दिया, ''यह तुम्हारे दादाजी की निशानी है। यह चंदन की लकड़ी है।''

बच्चों ने इसे मान लिया और उस लकड़ी को लंबे समय तक पूजा करते रहे। समय के साथ वह लकड़ी छोटी होने और गलने लगी। तब उन्होंने सोचा, ''यह हमारे दादाजी की निशानी है, तो क्यों न इसे बदलकर और बड़ी लकड़ी रख दी जाए?''

यह सोचकर वे एक बहुत बड़ी लकड़ी लेकर आ गए जो की खंभे के आकार की थी। उन्होंने उस लकड़ी को आंगन के बीच में रख दिया और उसकी पूजा होने लगी। समय के साथ, वह खंभा उनके परिवार के कुल देवता के रूप में मान्यता प्राप्त करने लगा। असल में, यह सब एक साधारण टूथपिक से शुरू हुआ था, जिसका उपयोग दांत साफ करने के लिए होता था। लेकिन जैसे-जैसे समय और पीढ़ियां बढ़ती गईं, यह मान्यता मज़बूत होती गई और एक साधारण चीज़ को देवता का रूप दे दिया गया।

यह कहानी हमें सिखाती है कि हमारी कई मान्यताएं, जिन्हें हम बिना सोचे-समझे मानते चले आ रहे हैं, ज़रूरी नहीं कि उनका कोई अर्थ हो। अगर हम उन पर सवाल करेंगे और उनकी जड़ों तक पहुंचने की कोशिश करेंगे, तो यह स्पष्ट हो जाएगा कि कई मान्यताएं सिर्फ़ परंपराओं के रूप में चलती आ रही हैं।

इसलिए, यह बेहद ज़रूरी है कि हम अपने जीवन में ऐसी मान्यताओं का बोझ न ढोएं, जिनका कोई सार्थक अर्थ नहीं है। इससे न केवल हम

अपने जीवन में नई संभावनाओं को जगह दे पाएंगे, बल्कि वे काम भी कर सकेंगे जो वास्तव में हमारे लिए महत्वपूर्ण हैं।

सवाल पूछें, समझें, और उन मान्यताओं को पहचानें जो प्रासंगिक नहीं हैं। इसके बाद ही आप अपने जीवन में सही दिशा में आगे बढ़ सकते हैं।

14

अच्छा मज़ाक बुरा मज़ाक

हम अपनी जिंदगी में मज़ाक दो तरीके से कर सकते हैं। पहला, ऐसा मज़ाक जिसमें किसी व्यक्ति का बुरा हो, और उसके दुख या परेशानी को देखकर हम खुश हों। दूसरा, ऐसा मज़ाक जिसमें किसी व्यक्ति का भला हो, और उसकी खुशी को देखकर हम खुश हों और हमारा मनोरंजन भी हो।

एक किसान था जो बड़ी मेहनत से अपने खेत में काम करता था। खेती करके वह अपने घर का गुज़ारा करता था। वह व्यक्ति समाज की बातों में या अन्य चीज़ों में नहीं उलझता था और अपने काम में ही लगा रहता था। हालांकि, समाज की नज़र में वह गरीब था, क्योंकि वह केवल अपने घर का पेट पालने लायक कमाई कर पाता था। कहीं न कहीं, उसके दिल में यह इच्छा थी कि वह अमीर बने, लेकिन उसकी परिस्थितियां अनुकूल नहीं थीं।

एक दिन किसान अपने खेत में काम कर रहा था। बहुत गर्मी थी, और वह थका हुआ था। वह सोच रहा था कि पेड़ के नीचे जाकर खाना खाए और थोड़ी देर आराम करे, फिर काम पर लौटे।

उसी समय, तीन बच्चे खेत के पास से गुजर रहे थे। उनके मन में शरारत सूझी। उन्होंने सोचा, ''क्यों न किसान के जूतों में कांटे डाल दिए जाएं? जब वह उन्हें पहनेगा और कांटे चुभेंगे, तो वह परेशान होगा और हमें मज़ा आएगा।''

दूसरे बच्चे ने पहले की बात से सहमति जताई और कहा, ''हां, ऐसा करते हैं, बहुत मज़ा आएगा।''

लेकिन तीसरा बच्चा चुपचाप खड़ा था। दोनों ने उससे पूछा, ''तू ऐसा क्यों नहीं करना चाहता?''

उसने जवाब दिया, ''हम एक और काम कर सकते हैं। क्यों न हम उन जूतों में कुछ पैसे डाल दें? किसान इतनी मेहनत करता है और गरीब भी दिखता है। जब वह जूतों में पैसे देखेगा, तो खुश हो जाएगा। उसे यह पता भी नहीं चलेगा कि पैसे किसने डाले। हम छुपकर देखेंगे, और उसकी खुशी देखकर हमें भी अच्छा लगेगा।''

तीसरे बच्चे की बात दोनों को समझ में आ गई। उन्होंने वैसा ही किया। अपने पास से कुछ पैसे निकाले और किसान के जूतों में रख दिए। फिर वे तीनों एक पेड़ के पीछे छुप गए, ताकि देख सकें कि किसान कैसे प्रतिक्रिया देगा।

जैसे ही किसान आया, उसने अपनी जूतियों में पैर डाले। उसके पैर में कुछ चुभा, तो उसने देखा कि जूतियों में पैसे रखे हुए थे। यह देखकर वह एकदम चौंक गया और जोर-जोर से चिल्लाने लगा, ''ये पैसे किसके हैं? मेरे जूतों में पैसे किसने रखे?''

लेकिन वहां कोई नहीं था, क्योंकि बच्चे पास के पेड़ के पीछे छुपे हुए थे। वे कुछ नहीं बोल रहे थे। किसान ने ऊपर की ओर देखा और कहा, ''भगवान, तेरा बहुत-बहुत धन्यवाद! मुझे आज अपने बेटे की फीस भरनी थी। अगर फीस नहीं भर पाता, तो उसे स्कूल से निकाल दिया जाता। तूने सही वक्त पर मुझे पैसे देकर मेरी बहुत बड़ी सहायता की है।''

बच्चे यह सब छुपकर देख रहे थे। जैसे ही उन्होंने देखा कि किसान बहुत खुश हो रहा है, वे भी खुशी से झूम उठे। किसान के वहां से जाने के बाद, बच्चे अपने-अपने घर चले गए।

इसके बाद, यह बच्चों की आदत बन गई कि यदि किसी के साथ मज़ाक करना हो, तो उसका भला करने वाला मज़ाक करेंगे। ऐसा मज़ाक जिसमें उन्हें भी मज़ा आए और जिसे देखकर सामने वाला भी खुश हो जाए।

इस कहानी से हमें यह सीखने को मिलता है कि अक्सर हम मज़ाक का मतलब केवल दूसरे की बेइज्जती करना या उसे परेशान करना समझते हैं। लेकिन मज़ाक का एक तरीका यह भी हो सकता है कि किसी के साथ अच्छा करें, और वह यह सोचकर चौंक जाए कि ऐसा कैसे हुआ। इसमें भी उतना ही मज़ा होता है।

साथ ही, ऐसे मज़ाक में एक बड़ी सकारात्मक शक्ति होती है, जो न सिर्फ़ सामने वाले के लिए, बल्कि आपके लिए भी अच्छा काम करना शुरू कर देती है। इसलिए जब भी मज़ाक करने का मन हो, तो ऐसा मज़ाक करें जिससे किसी का भला हो, और आप दोनों को खुशी मिले।

15

राजा परीक्षित का शरीर से लगाव

यह कहानी बहुत गहरी है। अगर इसे सही प्रकार से समझ लिया जाए, तो यह हमें ऐसा पाठ सिखाएगी कि जिंदगी को देखने का नज़रिया पूरी तरह बदल जाएगा।

राजा परीक्षित का अंतिम समय आ गया था, लेकिन उन्हें अपना शरीर छोड़ने में बहुत परेशानी हो रही थी। उन्हें अपने शरीर से अत्यधिक लगाव हो गया था। वह तड़प रहे थे और बार-बार कह रहे थे, ''मैं शरीर को नहीं छोड़ना चाहता। मैं और जीना चाहता हूं।''

राजा परीक्षित को देखा जाए तो वह एक संन्यासी थे। राजा होते हुए भी वे संन्यास की बातें करते थे, ध्यान लगाते थे, और एक बहुत बड़े संत पुरुष के रूप में जाने जाते थे। लेकिन अंतिम समय में उनका शरीर से इतना लगाव होना उनके लिए उचित नहीं था।

उन्होंने कहा, ''गुरु सुखदेव जी को बुलाया जाए। मैं उनसे बात करना चाहता हूं।''

सुखदेव जी वहां पहुंचे। उन्होंने पूछा, ''क्या हुआ राजन?''

राजा परीक्षित ने कहा, ''मुझे अपने शरीर से बहुत लगाव हो गया है। मैं इसे छोड़ना नहीं चाहता।''

सुखदेव जी ने कहा, ''यह बात ठीक है, लेकिन मैं तुम्हें एक कहानी सुनाना चाहता हूं। अगर इस कहानी को ध्यान से सुन लोगे, तो

समझ पाओगे कि जिससे तुम इतना लगाव कर रहे हो, उसकी अहमियत कितनी है।''

यह कहते हुए सुखदेव जी ने अपनी कहानी शुरू की।

सुखदेव जी ने कहा, ''एक राजा था, जो अपने राज्य में बहुत अच्छे से शासन कर रहा था। उसका राज्य सुचारू रूप से चल रहा था। राजा को शिकार का बहुत शौक था। एक दिन, शिकार करते-करते वह जंगल में बहुत अंदर तक चला गया। उसके साथ जो मंत्री और सिपाहियों की टोली थी, वह उससे बिछड़ गई और वह अकेला रह गया।

अकेला राजा दिनभर जंगल में रास्ता ढूंढता रहा, लेकिन उसे कोई रास्ता नहीं मिला। दिन ढलने वाला था, तो उसने सोचा कि कहीं ऐसा आशियाना ढूंढ लिया जाए, जहां रात गुजारी जा सके। चलते-चलते उसे एक झोपड़ी दिखाई दी। राजा झोपड़ी के पास पहुंचा और सोचने लगा, 'इस झोपड़ी में रात बिता लेता हूँ, ताकि जंगली जानवरों से बच सकूं। सुबह होते ही मैं अपने राज्य वापस चला जाऊंगा।'''

जैसे ही राजा झोपड़ी के अंदर गया, उसने देखा कि झोपड़ी बहुत ही छोटी थी। उसमें एक खटिया पड़ी हुई थी, और उस खटिया पर एक व्यक्ति लेटा हुआ था, जो शायद एक बहेलिया था। पास में ही मल-मूत्र त्यागने की एक जगह थी। छत पर उस व्यक्ति ने बहुत सारे मरे हुए जानवर खाने के लिए टांग रखे थे, जिनसे बहुत बुरी बदबू आ रही थी। उसी के पास मल-मूत्र त्यागने की जगह से भी तीव्र दुर्गंध आ रही थी।

बदबू इतनी अधिक थी कि राजा से झोपड़ी में खड़ा भी नहीं हुआ जा रहा था। फिर भी राजा मजबूर था। अगर वह बाहर रहता, तो जंगली जानवर उसे खा जाते। राजा ने उस व्यक्ति से पूछा, ''क्या मैं एक रात यहां गुज़ार सकता हूं?''

उस व्यक्ति ने कहा, ''मैं पहले हर व्यक्ति को यहां रुकने देता था, लेकिन उसके बाद ऐसा होने लगा कि जो भी यहां एक रात रुकता है, वह सुबह जाने से इनकार कर देता है और मुझसे झगड़ने लगता है।''

राजा ने मन ही मन सोचा, ''इस झोपड़ी में कौन रहना चाहेगा? इसमें तो मैं एक क्षण भी नहीं टिक पा रहा हूं, तो इसमें पूरी जिंदगी कैसे रहूंगा?''

फिर भी राजा ने कहा, ''ठीक है, आप मुझ पर भरोसा कर सकते हैं। मैं सुबह होते ही यहां से चला जाऊंगा।''

बहेलिये ने कहा, ''ठीक है, आप रुक जाइए लेकिन सुबह चले जाना।''

राजा वहां रुक गया। सुबह होते ही, राजा और बहेलिये के बीच तेज़ झगड़ा शुरू हो गया। राजा कहने लगा, ''मैं इस झोपड़ी को छोड़कर नहीं जाऊंगा।''

बहेलिये ने कहा, ''कल तो आप कह रहे थे कि सुबह ही इसे छोड़कर चले जाएंगे। अब आप मुझसे लड़ रहे हैं।''

राजा ने कहा, ''मुझे कुछ नहीं पता। यह मेरी झोपड़ी है, और मैं इसे छोड़कर कहीं जाने वाला नहीं हूं।''

उन दोनों के बीच यह झगड़ा काफी देर तक चलता रहा।

जैसे ही परीक्षित ने यह कहानी सुनी, वे एकदम चौंक गए। उन्होंने सुखदेव जी से पूछा, ''राजा ऐसा क्यों कर रहा था? वह तो वहां एक क्षण भी रुकने के लिए तैयार नहीं था, फिर वह पूरी जिंदगी वहां क्यों रहना चाहता था?''

सुखदेव जी ने कहा, ''वह राजा कोई और नहीं, वह राजा तुम ही हो। जिस शरीर से तुम्हें इतना लगाव हो गया है, जिस शरीर को छोड़ने में तुम्हें इतनी तकलीफ हो रही है, वह भी उसी झोपड़ी की तरह है।

इस झोपड़ी में एक तुम्हारा मुंह है, जहां से तुम खाना खाते हो, और एक मल-मूत्र त्यागने की जगह है, जो दुर्गंध से भरी हुई है। तुम्हारा यह शरीर, जिसमें तुम रहना चाहते हो, वास्तव में ऐसा ही है। अगर तुम अपनी सच्चाई को समझो, तो तुम इस ब्रह्मांड में उड़ सकते हो, कहीं भी जा सकते हो। लेकिन तुम्हें इस छोटे से शरीर से लगाव हो गया है। इसमें तुम्हारी आसक्ति हो गई है।''

जैसे ही परीक्षित ने यह कहानी सुनी, उन्हें तुरंत समझ आ गया कि उनका लगाव और आसक्ति कहां थी। उन्होंने अपने ज्ञान को केंद्रित किया और अपने शरीर को त्याग दिया।

अब इस कहानी से हम बहुत बड़ी सीख ले सकते हैं। जिस शरीर से हमें इतना लगाव हो गया है, जिसके लिए हम सबकुछ कर सकते हैं, जिसे सजाने और संवारने के लिए हम कितना भी खर्च कर सकते हैं - वह है तो केवल शरीर ही।

अगर हम यह बात समझ जाएं, तो यह भी समझ पाएंगे कि हम यह शरीर नहीं हैं। और अगर हम यह शरीर नहीं हैं, तो फिर हम कौन हैं?

जब हम इस सवाल का उत्तर ढूंढने की राह पर चल पड़ते हैं, तो हम अपने शरीर को अपने आप से अलग समझ पाते हैं। और जब हम यह बात जीवित रहते हुए समझ जाते हैं, तो हमारी जिंदगी बहुत खूबसूरत हो जाती है।

16

अपने काम में खुशी ढूँढना

यह कहानी उन लोगों के लिए है जो अपने काम को या व्यापार को हमेशा कोसते रहते हैं और कहते हैं कि उनकी जॉब या उनका काम दुनिया में सबसे बुरा है, लेकिन फिर भी उसे करते रहते हैं।

एक संत थे, जो गांव-गांव जाकर भिक्षा मांगते और कीर्तन करते हुए अपना गुज़ारा करते थे। एक दिन, जब वे एक गांव से गुज़र रहे थे, तो उन्होंने देखा कि कोई बड़ा निर्माण कार्य हो रहा है। ऐसा लग रहा था जैसे कोई महल बनाया जा रहा हो।

संत ने वहां काम कर रहे एक व्यक्ति से पूछा, ''भैया, यहां क्या बन रहा है?''

वह व्यक्ति गुस्से में बोला, ''तुम अपना मुंह बंद रखो। अगर और कुछ कहा, तो मैं तुम्हारी भी पिटाई कर दूंगा। मुझे नहीं पता यहां क्या बन रहा है। मैं तो बस पत्थर तोड़ रहा हूं। मेरी जिंदगी खराब हो गई है। थोड़ी-सी रोटी और थोड़े-से पैसों के लिए मुझे पूरा दिन काम करना पड़ता है। इससे बुरा काम इस दुनिया में कुछ हो ही नहीं सकता।''

संत वहां से आगे बढ़ गए। थोड़ी दूर पर उन्होंने एक और व्यक्ति को पत्थर तोड़ते देखा। संत ने उससे पूछा, ''महानुभाव, यहां क्या हो रहा है?''

उस व्यक्ति ने थोड़ा गुस्से में कहा, ''मुझे नहीं पता यहां क्या बन रहा है। यहां जेल बने, मंदिर बने, कुछ भी बने, मुझे कोई फ़र्क नहीं पड़ता। मुझे

काम के पैसे मिलते हैं, मैं अपने घर जाता हूं, रोटी खरीदता हूं, आराम से खाता हूं। इससे ज़्यादा मुझे इस काम से कोई मतलब नहीं है।''

संत और आगे बढ़े। वहां उन्होंने एक तीसरे व्यक्ति को काम करते देखा। संत ने उससे पूछा, ''भैया, यहां क्या बन रहा है?''

वह व्यक्ति बहुत खुश था और बड़े प्यार से बोला, ''यहां एक मंदिर बन रहा है। हम लोग कई सालों से चाहते थे कि यहां एक मंदिर बने, जहां रोज सुबह-शाम कीर्तन हो। अब वह सपना पूरा होने जा रहा है। मैं सुबह से शाम तक काम करता हूं, लेकिन मुझे समय का पता ही नहीं चलता। मैं हर समय कीर्तन करता रहता हूं और खुशी से झूमता रहता हूं। यह मेरे लिए सिर्फ़ काम नहीं है, बल्कि एक खुशी है, जिसे मैं हर पल जीता हूं।''

संत मुस्कुराए और वहां से आगे बढ़ गए।

इस कहानी से हमें यह सीख मिलती है कि एक ही काम करने वाले तीन अलग-अलग व्यक्तियों का नज़रिया अलग था। यदि आप किसी काम से प्रेम नहीं करते, तो वह काम आपके लिए बोझ बन जाता है। उस काम में एक-एक मिनट, एक-एक घंटे के बराबर लगने लगता है। लेकिन अगर आप अपने काम से प्रेम करते हैं, तो वह काम आपको खुशी देने लगता है।

कई बार लोग कहते हैं, ''मुझे यह काम पसंद नहीं है, तो इसमें खुशी कैसे ढूंढें?'' इसका उत्तर यह है कि हर काम में कोई न कोई ऐसी चीज़ होती है, कोई न कोई ऐसा कारण होता है, जो उसे रोचक बना सकता है। यदि आप उस कारण को ढूंढ पाते हैं, तो आपका काम आपके लिए अच्छा और सुखद हो सकता है।

अगर आप मजबूरी में कोई काम कर रहे हैं, तो उसमें कोई न कोई ऐसा पहलू ढूंढें जो आपको खुशी दे। फिर देखिए, वह काम सिर्फ़ काम नहीं रहेगा। आप उसे खुशी-खुशी करेंगे, क्योंकि इस जीवन का परम लक्ष्य है खुश रहना।

आप कितने भी अमीर हो जाएं या कितने भी गरीब रहें, अगर आप खुश नहीं हैं, तो आपने अपने जीवन में कुछ नहीं किया। इसलिए, अपने काम में खुशी ढूंढें और खुश रहें।

17

नफ़रत का बोझ

अगर आप भी किसी से बहुत नफ़रत करते हैं और वह नफ़रत इतनी ज़्यादा है कि आप उस व्यक्ति, घटना, या चीज़ के बारे में हमेशा सोचते रहते हैं, तो इस कहानी को ज़रूर सुनें। इस कहानी से आपकी बड़ी मदद हो सकती है।

एक गुरुजी थे, जो अपने गुरुकुल को बहुत अच्छे तरीके से चलाते थे। वहां के सभी शिष्य अनुशासन में रहते थे और जो गुरुजी कहते, वही करते थे। लेकिन समय के साथ गुरुजी ने देखा कि उनके शिष्य एक-दूसरे से नफ़रत करने लगे हैं। वे अक्सर आपस में झगड़ते हैं और एक-दूसरे की शिकायतें करते रहते।

गुरुजी को यह देखकर चिंता होने लगी। उन्होंने सोचा कि अगर उनके शिष्य नफ़रत करना सीखेंगे, तो उनके भीतर प्रेमभाव कैसे आएगा? इस समस्या का समाधान खोजने के लिए गुरुजी ने एक दिन सभी शिष्यों को सुबह अपने पास बुलाया।

गुरुजी ने पूछा, ''मैं आप सबसे एक सवाल पूछता हूं। आप में से कितने लोग हैं, जो किसी से नफ़रत करते हैं? चाहे वह कोई इंसान हो, जानवर हो, काम हो, आपकी फैमिली का कोई सदस्य हो, या आपका दोस्त हो। अगर आप नफ़रत करते हैं, तो उनका नाम बताएं।''

सभी शिष्य अपनी-अपनी जिंदगी में उन लोगों और चीज़ों को गिनने लगे, जिनसे वे नफ़रत करते थे। किसी को एक व्यक्ति या चीज़ से नफ़रत थी, किसी को दो से, किसी को छह से, तो किसी को सात से।

गुरुजी ने कहा, ''अब कल सुबह आपको एक काम करना है। जितने लोगों या चीज़ों से आप नफ़रत करते हैं, उतने ही कटहल अपने साथ लेकर आना है।''

सभी शिष्य अपने-अपने घर चले गए। अगली सुबह वे बहुत सारे कटहल लेकर आए। जो जितने लोगों से नफ़रत करता था, वह उतने ही कटहल लेकर आया। किसी के पास एक कटहल था, किसी के पास सात, किसी के पास चार, तो किसी के पास तीन।

गुरुजी ने सभी शिष्यों को सामने खड़ा किया। किसी ने बड़ी गठरी अपने सिर पर रखी थी, कोई कटहल हाथ में लिए हुए था, और कोई दो कटहल दोनों हाथों से दबाए हुए था।

गुरुजी ने कहा, ''अब इन कटहलों को आपको अगले सात दिनों तक अपने साथ रखना है। इन्हें बिल्कुल भी नहीं उतारना है। जहां भी जाना हो, ये कटहल आपके साथ रहेंगे। चाहे कुछ भी हो जाए, आप इन्हें अपने से दूर नहीं करेंगे।''

तो पहले के जमाने में यह होता था कि गुरु की आज्ञा का पालन शिष्यों को करना ही पड़ता था, क्योंकि गुरु की हर बात के पीछे कोई न कोई सीख छिपी होती थी। तो सभी शिष्यों ने तय कर लिया कि वे ऐसा ही करेंगे।

पहले दिन शिष्यों ने कटहल ढोए। जिनके पास 6 या 7 कटहल थे, उनकी हालत खराब हो गई। उन पर बहुत ज़्यादा बोझ हो गया था। जिनके पास कम कटहल थे, उनके लिए भी मुश्किल थी, क्योंकि कटहल का वजन काफी होता है। किसी तरह उन्होंने पहला दिन काट लिया, लेकिन शाम तक सभी शिष्य पूरी तरह थक चुके थे। उनसे खड़ा भी नहीं हुआ जा रहा था। वे गुरुजी के पास पहुंचे और बोले, ''यदि हमसे कोई गलती हुई हो तो क्षमा करें, लेकिन इनका वजन लेकर अब हमसे चला नहीं जा रहा है।''

गुरुजी ने फिर भी कहा, ''नहीं, तुम्हें इन कटहलों को अपने साथ रखना ही होगा।'' शिष्य लौट गए। उनकी एक और कंडीशन यह थी कि

सोते समय भी कटहलों को अपने ऊपर रखकर सोना था। सोते वक्त उनकी हालत और खराब हो गई। ऐसा लग रहा था जैसे सांस रुक जाएगी। बार-बार उनकी नींद खुल रही थी, और उन्हें बहुत परेशानी हो रही थी।

जैसे-तैसे उन्होंने रात बिताई और दूसरा दिन भी काट लिया। तीसरे दिन कटहल सड़ने लगे। उनमें से बदबू आने लगी और उनका वजन भी असहनीय हो गया। अब यह बोझ किसी भी प्रकार से सहन नहीं हो रहा था।

सभी शिष्य गुरुजी के पास पहुंचे और बोले, ''गुरुजी, अब आप जो भी दंड देना चाहें, दे दीजिए, लेकिन इस बोझ को अब हम और नहीं रख सकते। इनमें से बहुत बदबू भी आने लगी है।''

गुरुजी मुस्कुराए और बोले, ''अब तुम्हें मैं एक सीख देता हूं, जिसे तुम्हें अपनी पूरी जिंदगी के लिए याद रखना है।''

सभी शिष्य घबरा गए। उन्होंने सोचा कि ज़रूर उन्होंने कोई न कोई गलती की होगी, इसलिए गुरुजी ने यह सब किया। वे गुरुजी की बात ध्यान से सुनने लगे।

गुरुजी ने कहा, ''ये कटहल तुम्हारी नफ़रत का प्रतीक हैं। जितने लोगों से तुम नफ़रत करते हो, उतना ही बोझ तुम हमेशा अपने दिमाग और बुद्धि पर लेकर चलते हो। अगर तुम एक व्यक्ति से नफ़रत करते हो, तो तुम्हारा बोझ कम है। लेकिन यदि तुम 6 या 7 व्यक्तियों से नफ़रत करते हो, तो तुम्हारा बोझ उतना ही ज़्यादा होगा।

और यह बोझ, यह नफ़रत जैसे-जैसे पुरानी होती जाती है, वैसे-वैसे इससे बदबू आने लगती है। यह बदबू तुम्हारे व्यक्तित्व में साफ दिखाई देती है। चाहे तुम बोलो या न बोलो, लेकिन यह दिख जाता है कि तुम नफ़रत करने वाले और नकारात्मक व्यक्ति हो।''

शिष्यों को यह बात बड़े अच्छे से समझ में आ गई कि नफ़रत करना दुनिया की सबसे बुरी चीज़ है। यदि करना है, तो केवल प्रेम करो।

इस कहानी से हम यह सीखते हैं कि कई बार हम अपनी जिंदगी में ढेर सारी नफ़रत लेकर घूमते रहते हैं। यह नफ़रत हमें अंदर से गलाती रहती है और हमारी सोच को दूषित करती है। इसलिए इस नफ़रत को उतारकर फेंक दो। इस वजन से खुद को मुक्त करो और हल्के जीवन का आनंद लो।

18

माया का जाल

हम जीवन में तभी तक परेशान रहते हैं जब तक यह माया हमें पकड़े हुए है। हमारा लगाव माया से है, और जैसे ही यह पकड़ ढीली होती है, हमारा जीवन सुख और आनंद से भरने लगता है।

एक बार की बात है एक शिष्य और गुरु गांव-गांव जाकर भिक्षा मांगते और खाकर आगे बढ़ जाते थे। यही उनकी जीवनचर्या थी। एक दिन ऐसा हुआ कि वे भिक्षा मांगते-मांगते एक गांव पहुंचे। वहां के लोगों ने उन्हें बहुत प्रेम से भोजन कराया। गुरु और शिष्य ने सोचा कि कुछ दिन और यहां और रुकेंगे फिर आगे बढ़ जाएंगे।

दो-तीन दिन वे वहीं रुके। गांववाले उनकी बहुत सेवा कर रहे थे, उनके लिए अच्छे-अच्छे पकवान लाते और सम्मानपूर्वक उनकी देखभाल करते। गुरु और शिष्य, दोनों को वहां बहुत अच्छा लग रहा था।

लेकिन गुरु तो गुरु होते हैं। उन्होंने महसूस किया कि उनका शिष्य माया के जाल में फंस रहा है। तो उन्होंने निर्णय लिया कि अगली सुबह गांव छोड़ देंगे।

दूसरे दिन सुबह गुरुजी ने शिष्य को बुलाया और कहा, ''अब हमारे चलने का समय आ गया है।'' यह सुनकर शिष्य बहुत दुखी हो गया। वह रोने लगा और कहने लगा, ''गुरुजी, कुछ और दिन यहां रुक जाते हैं। यह तो बहुत अच्छा गांव है। यहां जीवन में जो चाहिए, सब कुछ मिल रहा है।''

लेकिन गुरु अपनी बात पर अडिग रहे। उन्होंने कहा, ''नहीं, अब हमें यहां से जाना है।'' शिष्य कोमल मन का था, इसलिए वह माया के जाल में थोड़ा फंस गया था।

लेकिन गुरुजी की आज्ञा तो माननी ही थी। सुबह दोनों वहां से रवाना हुए और चलते-चलते एक नदी के किनारे पहुंच गए। उन्हें नदी पार कर दूसरे गांव जाना था, जहां वे भोजन करके विश्राम करना चाहते थे।

जैसे ही वे नदी के किनारे पहुंचे, वहां एक नाव वाला खड़ा था। गुरुजी ने कहा, ''अगर आप थोड़ी कृपा करें और हमें यह नदी पार करवा दें, तो आपका बहुत आभार होगा।'' नाव वाले ने कहा, ''हम यहां पर मुफ्त में नाव नहीं चलाते। मैं मेहनत करता हूं और उसके बदले में पैसे लेता हूं। अगर तुम्हारे पास पैसे हैं, तो मैं तुम्हें अभी नदी पार करवा देता हूं। और अगर पैसे नहीं हैं, तो आप वहां एक तरफ़ बैठ जाइए क्योंकि दूसरे लोग भी नाव पर सवार होने के लिए इंतजार कर रहे हैं।''

गुरुजी पास में आसन लगाकर बैठ गए और ध्यान करने लगे। शिष्य ने बहुत देर तक इंतजार किया, यह सोचते हुए कि गुरुजी अब उठेंगे। लेकिन गुरुजी ध्यान मग्न थे और नहीं उठ रहे थे। देखते-देखते शाम हो गई।

शिष्य थोड़ा घबराने लगा। उसे डर था कि अगर जंगल में रात हो गई, तो जंगली जानवर उन्हें खा सकते हैं। वह गुरुजी को उठाने की हिम्मत नहीं कर सका क्योंकि गुरुजी ध्यान में लीन थे।

तब उसने धीरे-से नाव वाले से बात की और कहा, ''मेरे पास दो रुपये हैं।'' शिष्य ने गांव से निकलते समय दो रुपये अपनी जेब में छुपाकर रख लिए थे। नाव वाले ने कहा, ''ठीक है, मैं तुम्हें नदी पार करवा दूंगा।''

जैसे ही यह बात हुई, गुरुजी उठ गए और बोले, ''देखा तुमने? जब तक तुम्हारे पास माया थी, तब तक हमारी जिंदगी में परेशानी थी। जैसे ही तुमने माया किसी और को दे दी, हमारी जिंदगी से परेशानी दूर हो गई।''

शिष्य को यह बात अच्छी तरह समझ में आ गई। उसे गुरुजी ने यह सिखाया कि जब तक माया हमारे जीवन में होती है, तब तक हमें डर बना रहता है - भविष्य का डर, खोने का डर। लेकिन जैसे ही माया जीवन से चली जाती है, हम बिना डर के सुखी जीवन जी सकते हैं। हमें जो कुछ

भी जीवन के लिए उपलब्ध है, उसी में जीना चाहिए और उसी में खुश रहना चाहिए।

इस कहानी से हमें सीख मिलती है कि माया का जाल बहुत बड़ा होता है।

कई बार हम यह समझ नहीं पाते कि छोटी-छोटी बातों से माया हमारे जीवन को जकड़ लेती है। जब भी जीवन में ऐसा महसूस हो कि आप कहीं फंस रहे हैं और एक ही तरह की चिंता में जिंदगी बिता रहे हैं, तो रुककर खुद से प्रश्न करें: ''क्या मैं माया के मोह से मुक्त हूं?''

यदि आप अपनी बुद्धि से माया के मोह से मुक्त हो जाते हैं, तो फिर चाहे आप माया से कितना भी खेलते रहो वह आप पर असर नहीं करेंगी। माया पर आपका नियंत्रण होना चाहिए, माया का आपके ऊपर नहीं।

19

गौतम बुद्ध और आनंद (हम उतना ही समझ सकते हैं, जितना हमारी समझने की क्षमता है।)

इस कहानी से हम सीखते हैं कि हम उतना ही समझ सकते हैं किसी बात को, जितनी हमारी समझने की क्षमता है। फिर चाहे कोई कितनी भी बड़ी बातें करता रहे या कितनी भी छोटी बातें करता रहे, लेकिन हम वही समझेंगे जो हम समझने लायक हैं।

गौतम बुद्ध की आदत थी कि वह हर गांव जाते थे और वहां अपना संदेश देकर फिर दूसरे गांव की ओर निकल जाते थे। एक दिन वह एक गांव में सभा को संबोधित कर रहे थे। उनका सबसे प्रिय शिष्य आनंद भी वहां उपस्थित था। गौतम बुद्ध ने कहा, ''समय निकल रहा है, जागो।'' यह कहकर उन्होंने अपनी सभा को समाप्त किया।

इसके बाद उन्होंने आनंद से कहा, ''आनंद, आओ, थोड़ा टहल कर आते हैं।''

गौतम बुद्ध आनंद को लेकर सभा स्थल से बाहर द्वार पर आ गए। यह वही द्वार था, जहां से जितने भी भक्त आए थे, वे बाहर निकलने वाले थे। भक्त बाहर निकलते समय धन्यवाद दे रहे थे और कह रहे थे, ''आपने बहुत अच्छी बातें बताईं।''

तभी एक महिला तेज़ी से दौड़ती हुई गौतम बुद्ध की ओर आई। आनंद वहां खड़ा यह सब देख रहा था। महिला ने कहा, ''आपका बहुत-बहुत धन्यवाद। आपने मुझे याद दिला दिया कि मुझे एक स्थान पर नृत्य करने जाना था। एक सेठ ने मुझे बुलाया था परंतु मैं प्रवचन में इतनी खो गई थी कि यह भूल ही गई थी। आपने मुझे समय पर याद दिलाया, इसके लिए मैं आपका आभार व्यक्त करने आई हूं।'' इसके बाद वह महिला वहां से चली गई।

फिर एक व्यक्ति दौड़ता हुआ आया और बोला, ''आपका बहुत-बहुत धन्यवाद। आपने मुझे याद दिला दिया। आपने कहा 'जागो' नहीं तो मैं भूल ही गया था कि मुझे एक स्थान पर डकैती डालने जाना था। मैं एक डकैत हूं और आपके प्रवचन में इतना खो गया था कि यह भूल गया था। इसीलिए आपका आभार व्यक्त करने आया हूं।''

गौतम बुद्ध मुस्कुराए, और वह व्यक्ति वहां से चला गया।

आनंद यह सब देख रहा था और समझ नहीं पा रहा था कि गौतम बुद्ध क्या संदेश देना चाहते हैं। तभी उसने देखा कि एक 70 वर्षीय वृद्ध व्यक्ति भागता हुआ आया। वह गौतम बुद्ध के चरणों में गिर पड़ा और बोला, ''आपका बहुत-बहुत धन्यवाद। आज आपने मेरी आंखें खोल दीं। जब आपने कहा 'समय निकल रहा है, जागो,' तब मुझे यह एहसास हुआ कि मैंने अपने जीवन के 70 साल मोह-माया में व्यर्थ गंवा दिए। अब मैंने तय किया है कि जैसे ही घर पहुंचूंगा, ध्यान करूंगा और अपने जीवन का उद्धार करूंगा।''

यह सब देखकर आनंद अचंभित था और सोच रहा था कि गौतम बुद्ध अब क्या कहेंगे।

गौतम बुद्ध मुस्कुराए और बोले, ''देखा तुमने आनंद, मैंने एक ही बात कही थी, 'समय निकल रहा है, जागो,' लेकिन यहां आए सभी लोगों ने इसे अपने-अपने तरीके से समझा। मेरा संदेश कुछ और था, लेकिन सबने अपनी स्थिति और सोच के अनुसार इसे ग्रहण किया। जीवन में ऐसा ही होता है। जब तक आपकी समझने की स्थिति तैयार नहीं होती, तब तक बड़े से बड़े शास्त्र भी आपके लिए निरर्थक होते हैं।''

इस कहानी से हमें यह सीख मिलती है कि जीवन में हमारी सोच और समझ के स्तर के अनुसार ही हम चीज़ों को ग्रहण करते हैं। एक ही शास्त्र, जब हम अलग-अलग समय पर पढ़ते हैं, तो हमें अलग-अलग अर्थ समझ में आते हैं। इसका मतलब यह नहीं है कि शास्त्र बदल गया, बल्कि हमारी सोच और दृष्टिकोण बदल गया। इसलिए यह बहुत ज़रूरी है कि हम अपनी सोच को सही करें। अगर आपकी सोच सही है, तो यह जीवन आपको अच्छा लगेगा। और अगर सोच गलत है, तो सब कुछ बुरा लगेगा। इसीलिए हमें अपनी सोच पर काम करने की आवश्यकता है।

20

सब कुछ होते हुए भी परेशान रहना

यह कहानी उन लोगों के लिए है जिनके जीवन में सब कुछ है - संपन्नता है, परिवार है, सब कुछ है - लेकिन फिर भी वे परेशान रहते हैं। उनकी जिंदगी में खुशी और आनंद नहीं है।

एक राजा था जो बहुत धनी था। उसके पास अपार धन-संपदा थी और उसका राज्य भी बहुत अच्छे तरीके से चल रहा था। लेकिन उस राजा की एक बड़ी परेशानी थी - उसका इकलौता बेटा, राजकुमार, हमेशा परेशान रहता था।

राजकुमार की समस्या यह थी कि वह अपने अतीत को लेकर दुखी रहता था और जब भविष्य के बारे में सोचता, तो डर जाता था। इन दोनों के बीच झूलते हुए वह हमेशा परेशान रहता था। राजा को इसका कोई हल समझ में नहीं आ रहा था।

राजा लंबे समय से इस समस्या से जूझ रहा था कि क्या किया जाए जिससे उसका बेटा अपने जीवन खुश रहने लगे। उसने कई उपाय आजमाए - राजकुमार को नया रथ दिलाया, नए घोड़े लाकर दिए, और खेलने की नई चीज़ें दीं। लेकिन इनमें से किसी भी चीज़ का उस पर कोई असर नहीं पड़ा। वह हमेशा की तरह परेशान ही रहता था।

तभी राजा को याद आया कि पड़ोसी राज्य का राजा, जो उसका रिश्तेदार भी था, उसका बेटा बहुत तेजस्वी और शांत स्वभाव का था।

उसके चेहरे पर हमेशा एक गहरी शांति झलकती थी। राजा ने सोचा, ''अगर मेरा बेटा उसके पास जाएगा, तो शायद वह कुछ ऐसा सीख पाएगा जिससे उसकी परेशानी दूर हो जाए और वह भी शांत रहना सीख जाए।''

राजा ने अपने बच्चों से बात की और कहा,

''तुम कुछ समय के लिए पड़ोसी राज्य में जाकर वहाँ के राजकुमार के साथ समय व्यतीत करो। मैंने उसके बारे में बड़ी-बड़ी बातें सुनी हैं। उसके साथ 10-15 दिन रहो और समय बिताओ। हो सकता है, उससे कुछ अच्छी बातें सीखने को मिलें।''

चूंकि राजकुमार भी अपनी इस स्थिति से बाहर निकलना चाहता था, उसने सहमति दे दी। अगली सुबह ही वह दूसरे राज्य के लिए निकल पड़ा।

जब वह दूसरे राज्य में पहुँचा और उस लड़के से मिल तो उसने देखा कि उसके मुख पर अपार तेज़ और शांति है, जो सामान्य व्यक्तियों के चेहरे पर नहीं दिखती। राजकुमार ने उससे विनम्रता पूर्वक पूछा, ''आपके अंदर ऐसा क्या है, जो मेरे अंदर नहीं है, या यहां बाकी जितने भी लोग हैं, उनके अंदर नहीं है? आपके मुख पर एक अलग-सा आनंद और शांति दिखती है। मेरे पास सब कुछ होते हुए भी यह चीज़ नहीं है। कृपा कर मुझे बताएं कि यह शांति और आनंद मेरे अंदर कैसे आ सकता है?''

उस लड़के ने मुस्कुराते हुए कहा, ''मैं कुछ अलग नहीं करता जो आप लोग नहीं कर सकते। मैं सिर्फ़ एक बात का अनुसरण करता हूं:

मेरे जीवन में पहले क्या हुआ, इससे मुझे कोई फ़र्क नहीं पड़ता क्योंकि वह हो चुका है। और मेरे जीवन में आगे क्या होगा, इससे भी मुझे कोई फ़र्क नहीं पड़ता क्योंकि वह अनिश्चित है। इसलिए मेरे पास सिर्फ़ आज का समय बचता है। मैं यही सोचता हूं कि इस समय को सुंदर कैसे बनाया जाए। जो अच्छा समय चल रहा है, उसे पूरी तरह से जीने और उसका रस लेने की कोशिश करता हूं। खुश रहने की आदत डालता हूं।''

जैसे ही राजकुमार ने यह बात सुनी, उसे एहसास हुआ कि वह हमेशा या तो अपने अतीत में रहता है या अपने भविष्य की चिंता करता रहता है। उसे समझ में आ गया कि असली खुशी और जीवन का आनंद वर्तमान क्षण में है।

उसने उसी समय निर्णय लिया कि अब से वह अपने जीवन के हर पल को जीने की कोशिश करेगा। यह सोचते हुए वह बहुत खुश हो गया और उसी दिन अपने राज्य लौट आया।

राजा अपने बेटे में यह बदलाव देखकर बहुत खुश हुआ। राजकुमार अब खुशी-खुशी रहने लगा, वह अपने दोस्तों के साथ खेलता, और जो कुछ भी उसके पास था, उसमें संतुष्ट रहता। उसकी खुशी देखकर पूरे महल का माहौल भी खुशहाल हो गया। राजा ने पड़ोसी राज्य के राजा का आभार व्यक्त किया और सभी खुशी-खुशी रहने लगे।

इस कहानी से हमें यह सीख मिलती है कि हमारे जीवन की सबसे बड़ी समस्या यह है कि हम या तो अतीत में जीते हैं या भविष्य की चिंता में डूबे रहते हैं। यदि हम वर्तमान में जीना शुरू कर दें, तो खुशी को यहीं और इसी पल में पाया जा सकता है।

21

पैसे से पुण्य को खरीदना

यह कहानी उन लोगों के लिए है जो सोचते हैं कि अगर उनके पास पैसा है, तो वे कितना भी बड़ा पुण्य कमा सकते हैं और उसका फल भोग सकते हैं।

एक रानी थी, जिसे अपने राज्य की अपार संपत्ति पर बड़ा घमंड था। वह अक्सर बड़े-बड़े पुण्य के कार्य करती थी, जैसे किसी भी मंदिर में जाकर भंडारे आयोजित करना। उसे लगता था कि इन कार्यों से वह बहुत पुण्य कमा रही है।

एक दिन रानी ने एक बड़े मंदिर में जाकर भंडारा किया। भंडारा सफलतापूर्वक संपन्न करने के बाद, जब वह अपने महल लौटी, तो बहुत खुश थी। वह सोचने लगी कि इतने बड़े भंडारे के कारण भगवान उसे सुख और आनंद से भरा जीवन देंगे।

रात को सोते समय, रानी को एक सपना आया। उसने देखा कि भगवान उसके सामने आए और कहा, ''एक औरत है, जो साधारण-सी दिखती है और सांवले रंग की है, लेकिन उसके पास अपार पुण्य हैं। इतने पुण्य हैं कि अगर वह उन्हें किसी को दे दे, तो उसकी ज़िंदगी पूरी तरह बदल सकती है। यहां तक कि अगर वह खुद पुण्य भोगना चाहे, तो भी कितनी भी लंबी जिंदगी हो, उसके पुण्य खत्म नहीं होंगे। कल जब तुम मंदिर जाओगी,

तो उस औरत से पुण्य खरीद लेना। उसे बदले में जो चाहिए, वह दे देना। जितने पुण्य तुम ले सकोगी, वे तुम्हारे काम आएंगे।''

यह सुनकर रानी सुबह उठी। वह खुश भी थी और परेशान भी। वह सोचने लगी कि ऐसी औरत कौन हो सकती है, जिसके पुण्य मुझसे भी ज़्यादा हैं। रानी ने अपने सिपाहियों को मंदिर भेजा और कहा, ''एक साधारण-सी सांवली औरत वहां बैठी होगी। उसे महल में लेकर आओ। मैं उससे बात करना चाहती हूं।''

सिपाहियों ने आदेश का पालन किया और उस औरत को महल में ले आए। औरत बहुत डर गई थी। वह कांपते हुए सोचने लगी कि उससे ऐसा क्या अपराध हो गया है, जो रानी ने उसे बुलाया है। कहीं उसे सजा न दे दी जाए।

रानी ने उससे कहा, ''मैंने सुना है कि तुम्हारे पास बहुत पुण्य हैं। मैं तुमसे कुछ पुण्य खरीदना चाहती हूं। बदले में तुम्हें जो चाहिए, वह मांग लो। राज्य का पूरा खजाना तुम्हारे लिए खुला है।''

यह सुनकर औरत हैरान रह गई। उसने कहा, ''मेरे पास पुण्य कहां से आएंगे? मैं तो एक गरीब औरत हूं, जो भीख मांगकर अपना पेट भरती हूं। कल किसी ने मुझे दो रोटियां दी थीं। उनमें से एक रोटी मैंने कुछ भूखे भिखारी को दे दी, और दूसरी रोटी भगवान को चढ़ा दी। अब तो मेरे पास रोटियां भी नहीं बचीं। पुण्य कहां से होंगे? और अगर मेरे पास पुण्य होते भी, तो मैं उन्हें बेचती नहीं। मैं वैसे ही दे देती। लेकिन मैंने कभी ऐसा कोई दान किया ही नहीं, जिससे मेरे पास पुण्य आ सकें।''

जैसे ही रानी ने यह कहानी सुनी, उसकी समझ में सारी बात आ गई। वह सोचने लगी कि उस औरत के पास केवल दो रोटियां थीं, लेकिन उनमें से भी एक रोटी उसने एक भिखारी को खिला दी और दूसरी भगवान को चढ़ा दी। उस औरत को भी भूख लगी होगी, लेकिन उसने अपने बारे में नहीं सोचा। असली पुण्य तो वही है, जो निस्वार्थ भाव से किया जाए - जहां अपने बारे में न सोचकर दूसरों के बारे में सोचा जाए।

यह बात समझ में आते ही रानी को एहसास हुआ कि निस्वार्थ सेवा ही सच्चा पुण्य है। इसके बाद, रानी ने बिना किसी बदले की इच्छा के सेवा करना शुरू कर दिया।

अब इस कहानी से हम सीखते हैं कि जब भी हमें दान देना हो, तो इसे इस तरह करना चाहिए कि कोई हमें देखे या हमारी प्रशंसा करे, यह भावना न हो। अक्सर लोग चाहते हैं कि उनका फोटो खींचा जाए या कोई उन्हें गवाह बनाकर उनकी महानता की तारीफ़ करे। लेकिन जिंदगी की सच्चाई यह है कि जब भी दान करो, तो उसे निस्वार्थ भाव से करो। दान में अपना अहंकार शामिल मत करो। जिस व्यक्ति को देना है, उसे दे दो और खुद को सिर्फ़ एक जरिया और प्रक्रिया समझो।

22

भिखारी को चांदी का गिलास दान

यह कहानी उन लोगों के लिए है जो जीवन में हमेशा इस डर से घिरे रहते हैं कि अभी सब कुछ ठीक चल रहा है, लेकिन भविष्य में कुछ बुरा हो सकता है। भविष्य के इस डर की वजह से वे हमेशा चिंतित रहते हैं।

एक सेठ जी थे, जो दिल के बड़े साफ और दयालु स्वभाव के थे, लेकिन थोड़े डरपोक थे। एक दिन जब वह घर से बाहर निकले, तो एक भिखारी उनके पास आया। भिखारी ने बड़े प्रेम से कहा, ''साहब, कुछ खाने को हो या पैसे हों, तो दे दीजिए। मैं कुछ खा लूंगा।''

सेठ जी ने अपनी जेब में हाथ डाला, लेकिन जेब में कुछ भी नहीं था। उन्होंने पास में देखा, तो एक गिलास रखा हुआ था। उन्होंने वह गिलास उठाकर भिखारी को दे दिया। भिखारी ने गिलास लिया, अपने झोले में रखा, और वहां से चला गया।

थोड़ी देर बाद सेठ जी दरवाजे पर बैठे थे, तभी उनकी पत्नी आईं। पत्नी ने पूछा, ''अरे, एक गिलास यहां रखा था, वह कहां गया?'' सेठ जी ने कहा, ''वह तो मैंने भिखारी को दे दिया।''

यह सुनते ही सेठानी गुस्से से चिल्लाने लगीं, ''तुम्हारी हिम्मत कैसे हुई! वह चांदी का गिलास था और बहुत महंगा था। अब जल्दी से भागो और भिखारी से वह गिलास वापस लेकर आओ।''

सेठ जी डर गए और तुरंत भिखारी के पीछे भागे। काफी दूर जाने के बाद, उन्होंने भिखारी को पकड़ लिया। सेठ जी ने कहा, ''जो गिलास मैंने तुम्हें दिया था, वह चांदी का है। इसे किसी अच्छी जगह जाकर बेचना। ऐसे ही मत बेच देना, वरना तुम्हें बहुत कम पैसे मिलेंगे। सुनार की दुकान या ऐसी किसी ऐसी जगह पर जाना, जहां इसकी असली कीमत पता हो।''

यह कहकर सेठ जी वहां से चलने लगे। तभी एक व्यक्ति, जो यह सब देख रहा था, सेठ जी के पास आया और बोला, ''जब तुम्हें पता था कि तुमने भिखारी को चांदी का गिलास दे दिया है, तो उसे वापस क्यों नहीं लिया? उसके बदले में उसे कुछ पैसे दे सकते थे। अगर तुम्हें सेठानी का इतना डर था, तो गिलास वापस ले लेते।''

सेठ जी ने जवाब दिया, ''अगर मैं यह गिलास लेकर घर चला जाता, तो पूरी जिंदगी इसी बात से डरता रहता कि मैं फिर से कोई ऐसी कीमती चीज़ दान में न दे दूं, जिससे सेठानी नाराज़ हो जाए और कुछ बुरा हो जाए। मैं हर छोटी-छोटी बात पर डरता रहता कि मुझसे कोई गलती न हो जाए। लेकिन यदि मैंने गिलास दे दिया और उसे भूल गया, तो मैं इस डर से आजाद हो जाऊंगा।''

उन्होंने आगे कहा, ''मैं यह भी देखना चाहता हूं कि अगर मैंने गलती की है, तो सेठानी मुझे कितना डांटेगी और क्या परेशानी होगी। अगर यह एक छोटी समस्या है, तो मैं इसे स्वीकार कर लूंगा, बजाय इसके कि मैं जिंदगी भर इस डर में जीऊं।''

इस कहानी से हम सीखते हैं कि अक्सर हम भविष्य में होने वाली समस्याओं या आशंकाओं को मन में लेकर बैठे रहते हैं और डरते रहते हैं कि कहीं कुछ बुरा न हो जाए। और इस तरह डरते-डरते हमारी पूरी जिंदगी निकल जाती है।

ऐसे में, एक तरीका यह हो सकता है कि जिस बात से डर लग रहा हो, उसे एक बार करके देख लो। जैसे अगर ऊंचाई से कूदने में डर लग रहा है, तो एक बार वहां से कूदकर देख लो। अगर पानी में तैरने से डर लगता है, तो तैरकर देख लो। उस वक्त भले ही डर या दर्द हो, लेकिन जैसे ही आप इसे कर लेते हैं, भविष्य का डर आपके दिमाग से निकल जाता है।

23

अंदर की तरफ यात्रा

बहुत भाग्यशाली होते हैं वे लोग जिनकी यात्रा अंदर की तरफ होती है, क्योंकि ज़्यादातर लोगों की यात्रा बाहर की तरफ होती है। और कमाल की बात यह है कि जिनकी यात्रा अंदर की तरफ है, वे आज नहीं तो कल अपने गंतव्य तक पहुंच ही जाते हैं। लेकिन जिनकी यात्रा बाहर की तरफ होती है, वे जिंदगी में कहीं नहीं पहुंच पाते। कितने जन्मों से लोग भागते जा रहे हैं, लेकिन कहीं पहुंच नहीं पा रहे हैं।

एक फ़कीर था, जो पूरी दुनिया में पैदल यात्रा करता रहता था। जहां भी शाम हो जाती, वह खाना मांगकर खा लेता और वहीं रुक जाता। एक दिन वह एक शहर से गुजर रहा था। उस शहर में एक व्यापारी रहता था, जो अपनी दान-पुण्य की आदत के लिए बहुत प्रसिद्ध था। फ़कीर व्यापारी के घर पर रुक गया, और वहीं उसके भोजन की व्यवस्था की गई।

व्यापारी बहुत खुश था कि एक फ़कीर उनके घर आया है। उसने फ़कीर के लिए खाने की व्यवस्था अपने आठ मंजिला घर के सबसे ऊपरी माले पर की थी। फ़कीर और व्यापारी के परिवार के अन्य सदस्य वहीं मौजूद थे। जब खाना चल रहा था, तभी अचानक बहुत तेज़ भूकंप आ गया और इमारत चारों तरफ हिलने लगी।

जितने भी लोग थे, सब इधर-उधर भागने लगे। व्यापारी भी नीचे की ओर भागा, और बाकी लोग भी चौथे माले पर सीढ़ियों के पास इकट्ठा

हो गए। तभी किसी को याद आया कि फ़कीर अभी भी आठवें माले पर है। सबने सोचा कि अगर फ़कीर को कुछ हो गया, तो यह हमारी बड़ी लापरवाही मानी जाएगी और उन्हें बहुत बुरा लगेगा कि उन्होंने उनकी मदद करने की कोशिश भी नहीं की।

व्यापारी घबराकर तुरंत आठवें माले की ओर भागा। लेकिन जब वह वहां पहुंचा, तो उसने देखा कि फ़कीर आँखें बंद किये शांत बैठा हुआ था। उसके चेहरे पर एक अजीब-सी शांति थी। वह बिल्कुल स्थिर और निश्चिंत दिख रहा था।

यह देखकर व्यापारी हैरान रह गया। उसने सोचा, ''इतना बड़ा भूकंप होने के बावजूद यह व्यक्ति शांत कैसे बैठा हुआ है? इसे कोई फिक्र नहीं है कि छत गिर सकती है या इसके ऊपर कुछ भारी चीज़ गिर सकती है।''

व्यापारी वहीं फ़कीर के पास बैठ गया और इंतजार करने लगा कि जैसे ही फ़कीर की आंखें खुलेंगी, वह उससे पूछेगा कि ऐसा कैसे हो सकता है।

भूकंप शांत होने के बाद, जैसे ही फ़कीर ने आंखें खोलीं, उसने देखा कि व्यापारी पास में बैठा है। फ़कीर ने मुस्कुराकर पूछा, ''क्या हुआ? आप इतने परेशान क्यों लग रहे हैं?''

तो व्यापारी ने कहा, ''परेशान होने वाली तो बात है! पूरे घर में उथल-पुथल मची हुई थी। सब इधर-उधर भाग रहे थे। भूकंप आया हुआ था, और आपको भी पता है कि भूकंप आया हुआ था लेकिन आप इतने शांत कैसे बैठे हुए थे?''

फ़कीर ने एक बहुत अच्छी बात कही। फ़कीर ने कहा, ''जैसे ही भूकंप आया था, सब लोग भाग रहे थे। मैं भी भाग रहा था, तुम लोग भी भाग रहे थे, और घर के सारे लोग भी भाग रहे थे। लेकिन फ़र्क यह था कि मैं अंदर की तरफ भाग रहा था, और तुम सब लोग बाहर की तरफ भाग रहे थे।

अब जो अंदर की तरफ भागता है, वह भी डरा हुआ होता है। मैं भी डरा हुआ था कि मरने से पहले अगर मैं नहीं पहुंच पाया, तो यह पूरा जीवन खराब हो जाएगा। तुम सब लोग भी भाग रहे थे, लेकिन बाहर की तरफ, अपने शरीर को बचाने के लिए। तो समस्या यह है कि जो शरीर को बचाने

के लिए भागता है, वह आखिरकार भाग कर जाएगा कहां? आठवें माले पर भी भूकंप है, सातवें माले पर भी भूकंप है, छठे माले पर भी भूकंप है, और हर माले पर भूकंप है। कितना भी भाग लो, लेकिन भूकंप हर जगह है।''

जीवन में हम हमेशा बाहर की तरफ भागते रहते हैं। कभी पैसे के पीछे, कभी पोजीशन के पीछे, कभी बच्चों के पीछे, कभी इज्जत के पीछे, और कभी किसी और चीज़ के पीछे। लेकिन हमारी यह दौड़ कभी पूरी नहीं हो पाती।

वहीं दूसरी तरफ, एक योगी है, जो एक जगह पर बैठा हुआ है और अंदर की तरफ भाग रहा है। उसकी दौड़ एक दिन पूरी हो जाती है। उसके बाद, सारी इच्छाएं, सारी कामनाएं खत्म हो जाती हैं, और वह परम शांति को प्राप्त करता है।

तो जिसके जीवन में यह यात्रा शुरू हो गई है, वह बहुत भाग्यशाली है। और जिसके जीवन में यह यात्रा अभी शुरू नहीं हो पाई है, उसे चाहिए कि जितनी जल्दी हो सके, अपनी अंदर की यात्रा शुरू कर दे। क्योंकि यही एक ऐसी यात्रा है, जो कभी न कभी पूरी होती ही है।

24

सन्यासी को महलों में दुर्गंध

किसी राजा को गांव के रहन-सहन और जानवरों से बदबू आती है, और किसी सन्यासी को महल के भोग-विलास से बदबू आती है। इन दोनों में से कोई भी गलत नहीं है; बस सोच का फ़र्क है कि हमें जिंदगी से क्या चाहिए।

एक राजा था, जो एक सन्यासी को बहुत मानता था और कभी-कभी उससे मिलने के लिए उसके आश्रम पर चला जाता था। जब भी जाता, वह एक बात ज़रूर कहता, ''आपको एक बार महल आना चाहिए। मैं आपका बहुत अच्छे से स्वागत करना चाहता हूं और आपकी सेवा करना चाहता हूं। मैं आपको बहुत अच्छी जगह रुकवाना चाहता हूं। आप एक बार मुझे सेवा का मौका दें।''

लेकिन सन्यासी हमेशा मना कर देता और कहता, ''बाद में देखेंगे। अगली बार आओगे, तब चलेंगे।'' पर वह कभी जाता नहीं था।

एक दिन राजा बहुत अड़ गया। उसने कहा, ''नहीं, आज तो आपको चलना ही पड़ेगा।''

तब सन्यासी ने कहा, ''मैं तो चल लेता, आप जितनी बार भी कहते, उतनी बार चल लेता। लेकिन मेरी एक परेशानी है। मुझे जैसे ही किसी महल में जाना पड़ता है, वहां के रहन-सहन और भोग-विलास से बहुत घृणा होती है। वहां से मुझे बहुत बदबू आती है।''

राजा ने सन्यासी की बात सुनी, लेकिन उसे यह बात समझ में नहीं आई कि महल में कैसे बदबू आ सकती है और भोग-विलास से कोई कैसे ऊब सकता है। राजा की समझ में यह बात नहीं आई, लेकिन वह वहां से चला गया।

कुछ समय बाद राजा वापस आया और फिर से आग्रह किया, ''नहीं, आपको इस बार महल में चलना ही पड़ेगा।''

तब सन्यासी ने कहा, ''ठीक है, एक काम करते हैं। मैं चलूंगा, लेकिन उससे पहले कल सुबह तुम मेरे साथ एक गांव में चलना।''

राजा मान गया। अगली सुबह वह सन्यासी के पास पहुंचा। दोनों मिलकर आश्रम से कुछ दूरी पर एक गांव में गए। रास्ते में बहुत सारे गांव पड़े, लेकिन वे आगे बढ़ते गए।

फिर एक गांव में पहुंचे, जहां बहुत बदबू आ रही थी - जानवरों के गोबर और खाने के चारे से उठने वाली बदबू। राजा, जो महलों में और खुशबुओं में रहता था, उस बदबू को सहन नहीं कर पा रहा था।

वह बहुत देर तक अपने आप को रोक कर खड़ा रहा, लेकिन कुछ समय बाद उसने कहा, ''गुरुवर, अब हमें यहां से चलना चाहिए। यह बदबू मुझसे सहन नहीं हो रही है।''

सन्यासी ने मुस्कुराकर कहा, ''राजा, आप कैसी बात कर रहे हैं? यहां कैसी बदबू? इतने सारे गांव के लोग हैं, जो बरसों से यहां रह रहे हैं। इन्हें तो यह बदबू नहीं आती।''

राजा ने कहा, ''हो सकता है कि इतने दिन यहां रहते-रहते इन्हें इसकी आदत पड़ गई हो। आदत की वजह से उन्हें बदबू महसूस नहीं होती।''

तब सन्यासी मुस्कुराया और बोला, ''यही तो मैं बताना चाहता हूं। जिस चीज़ में हम बहुत दिन तक रह रहे होते हैं, उसकी हमें आदत पड़ जाती है। वह सही है या गलत, इसे हम देख ही नहीं पाते। हम उसमें जीने लगते हैं और उसे अपनी जिंदगी बना लेते हैं।''

जो महलों के भोग-विलास हैं, वह एक संन्यासी के लिए या फिर किसी ऐसे व्यक्ति के लिए, जो अपने जीवन का उद्धार करना चाहता है,

पाप के समान हैं। उनके लिए वे बदबू के समान हैं। जैसे ही राजा ने यह बात सुनी, उसे पूरी तरह समझ में आ गया कि संन्यासी उससे क्या कहना चाहता था।

उसके बाद राजा महलों में तो रहता था, लेकिन मन से उन महलों, उनकी चीजों, और खजाने के लिए उसके दिल में बिल्कुल भी लगाव नहीं रहा। उसे उन चीज़ों में कोई आसक्ति नहीं रही। वह महलों में रहते हुए भी एक संन्यासी की जिंदगी बिताने लगा।

अब इस कहानी से हम सीखते हैं कि कई बार हम कोई गलत काम करते-करते उसे इतनी बार कर देते हैं कि हमें यह समझ ही नहीं आता कि हम सही में गलत कर रहे हैं या दुनिया यह कह रही है कि हम गलत कर रहे हैं। इसलिए यह समझना बहुत ज़रूरी है कि हम अपने जीवन को किस राह पर ले जा रहे हैं। क्या जिस जगह हम पहुंचना चाहते हैं, वही रास्ता सही है या हम किसी और रास्ते पर भटक रहे हैं?

जीवन में एक बार यह आकलन ज़रूर करना चाहिए कि जहां हम पहुंचना चाहते हैं, क्या वास्तव में उसी दिशा में बढ़ रहे हैं, या कहीं भटक गए हैं।

25

जितनी बड़ी ख्वाहिश, उतना बड़ा गरीब

किसी की गरीबी उसके पास मौजूद पैसे से तय नहीं होती, बल्कि उसकी ख्वाहिशों से तय होती है। यह इस पर निर्भर करता है कि उसकी इच्छाएँ कितनी बड़ी हैं और वह कितना अर्जित करना चाहता है।

एक बार एक धनी व्यक्ति अपने घर के बाहर निकला। उसने देखा कि कई भिखारी वहां खड़े थे, जो उससे पैसे मांगने आए थे। वह अंदर पैसे लाने के लिए जा ही रहा था कि उसके मन में एक विचार आया। उसने भिखारियों के सामने एक शर्त रखी। उसने कहा, ''मैं पैसे उसी को दूंगा, जो आप सबमें सबसे गरीब है। अब आप लोग तय कर लें कि सबसे गरीब कौन है। मैं अंदर से पैसे लेकर आता हूं और जैसे ही वापस आऊं, मुझे बता देना।''

यह कहकर वह अंदर चला गया। बाहर सभी भिखारी आपस में बहस करने लगे, ''मैं सबसे गरीब हूं।'' ''नहीं, मैं सबसे गरीब हूं।'' लेकिन चूंकि वे सभी भिखारी थे और एक ही स्तर पर थे, किसी निष्कर्ष पर नहीं पहुंच पाए।

थोड़ी देर बाद वह धनी व्यक्ति वापस आया। उसके हाथ में कुछ पैसे थे। उसने देखा कि सभी भिखारी अब भी बहस कर रहे थे। तभी उसने सामने से राजा को अपनी पूरी मंडली के साथ आते हुए देखा। राजा घोड़ों, हाथियों, सैनिकों और ढोल-नगाड़ों के साथ एक भव्य यात्रा पर था।

धनी व्यक्ति ने राजा को देखकर मुस्कुराते हुए अपने हाथ के सभी पैसे राजा की ओर फेंक दिए। यह देखकर वहां मौजूद सभी भिखारी चौंक गए। उन्होंने कहा, ''आपने कहा था कि पैसे सबसे गरीब को देंगे, लेकिन आपने सबसे अमीर आदमी के ऊपर पैसे फेंक दिए। इसका क्या मतलब है? अगर आपको पैसे नहीं देने थे, तो इतनी देर क्यों इंतजार कराया और इस तरह से हमारी बेइज्जती क्यों की?''

धनी व्यक्ति ने बड़ी प्यारी बात कही। उसने कहा, ''जिसकी ख्वाहिशें जितनी बड़ी होती हैं, वह उतना ही बड़ा गरीब होता है। अब तुम लोगों की ख्वाहिशें तो बहुत छोटी हैं। तुम्हें रोटी मिल जाए, कुछ पैसे मिल जाएं, तो तुम शांति से सो जाते हो। लेकिन राजा की ख्वाहिशें बहुत बड़ी हैं। वह आज इस राज्य को जीतना चाहता है, कल दूसरे राज्य को। वह अपने खजाने को और बढ़ाना चाहता है, नई-नई रानियां चाहता है। उसकी इच्छाएं इतनी बड़ी हैं कि कोई भी उन्हें पूरी नहीं कर सकता। और जब यह राजा मरेगा, तो गरीब ही मरेगा।''

अब इस कहानी से हम सीखते हैं कि जीवन में यह समझना बहुत ज़रूरी है कि हमें खुश रहने के लिए कितना कमाना है और कैसे कमाना है।

वरना पूरी जिंदगी हम पैसे के पीछे दौड़ते रहेंगे और एक दिन ऐसा आएगा जब अंतिम समय में हम सोचेंगे कि हमारे पास सब कुछ था, लेकिन हम उसे कभी एंजॉय नहीं कर पाए।

हमारे पास परिवार था, पैसा था, लेकिन हम उसे देख ही नहीं पाए। क्योंकि हमारी इच्छाएँ इतनी बड़ी थीं कि हम और कमाना चाहते थे, और अधिक चाहते थे। लेकिन जो अपनी ख्वाहिशों को जिंदा रखता है, वह कभी खुश नहीं रह पाता।

तो अगर जिंदगी में सच में अमीर बनना है, तो अपनी ख्वाहिशों को कम करो। अपनी इच्छाओं को सीमित करो। तब हमें जो कुछ भी हमारे पास है, वह दिखने लगेगा और हम उसके साथ खुश रहना सीख जाएंगे।

26

गुस्से की दवाई की डिब्बी

अगर आपको भी बहुत तेज़ गुस्सा आता है और उस पर आपका बिल्कुल कंट्रोल नहीं है – जब गुस्सा आता है तो आप कुछ भी कर बैठते हैंऔर आप इससे छुटकारा पाना चाहते हैं, तो आज की यह कहानी आपको एक ऐसी ''दवाई'' बताएगी, जिसे अपनाने के बाद आपको कभी गुस्सा नहीं आएगा।

एक औरत थी जो अपने गुस्से से बहुत परेशान थी। जब भी उसे गुस्सा आता था, वह पूरे घर को तहस-नहस कर देती थी। उसके गुस्से से सारे घरवाले बहुत परेशान थे, और वह खुद भी इससे बेहद त्रस्त थी। उसने इस गुस्से से छुटकारा पाने के लिए कई तरीके आजमाए, लेकिन उसका गुस्सा दिन-ब-दिन बढ़ता ही गया।

एक दिन वह घर से बाहर निकली और देखा कि द्वार पर एक फ़कीर खड़ा है। वह दौड़कर फ़कीर के पास गई और बोली, ''बाबा, मुझे कुछ उपाय बताइए। मुझे बहुत गुस्सा आता है, और उस पर मेरा बिल्कुल भी कंट्रोल नहीं है। मैं इससे छुटकारा पाना चाहती हूं।''

फ़कीर ने कहा, ''मेरे पास एक बहुत अच्छी दवाई है। अगर तू इसे मन लगाकर और समय पर लेगी, तो तेरा गुस्सा बिल्कुल खत्म हो जाएगा।''

यह सुनकर औरत बहुत खुश हो गई। उसने कहा, ''बाबा, जल्दी से बताइए। यह मेरी जिंदगी की सबसे बड़ी परेशानी है।''

फ़कीर ने अपनी झोली से एक शीशी निकाली, जिसमें पानी जैसी कोई चीज़ भरी हुई थी। उसने उस शीशी को अपनी मुट्ठी में बंद कर लिया और औरत से कहा, ''अपना हाथ आगे कर।'' जब औरत ने अपना हाथ आगे किया, तो फ़कीर ने शीशी उसके हाथ में रख दी और कहा, ''यह दवाई बहुत पवित्र है। इसलिए इसके बारे में किसी को मत बताना। इसे इस्तेमाल करने का तरीका मैं तुझे समझा देता हूं।''

फ़कीर ने कहा, ''जब भी गुस्सा आए, इसमें से चार बूंदें लेकर अपने मुंह में डाल लेना और इसे अपनी जीभ के सहारे दो मिनट तक मुंह में घुमाते रहना।''

औरत ने फ़कीर की बात समझ ली। उसने दवाई ली और खुशी-खुशी अपने घर चली गई।

इसके बाद, जब भी उसे गुस्सा आता, वह शीशी से चार बूंदें मुंह में डालकर उसे दो मिनट तक घुमाती रहती। यह क्रम उसने एक महीने तक जारी रखा।

कुछ समय बाद, जब फ़कीर फिर से उसके दरवाजे पर आया, तो औरत खुशी-खुशी उसके पास दौड़ी आई और बोली, ''बाबा, आपका बहुत-बहुत धन्यवाद। आपने मुझे ऐसी दवाई दी, जिससे मेरा गुस्सा बिल्कुल खत्म हो गया है। अब तो मुझे गुस्सा आता ही नहीं, और अगर आता भी है, तो मैं उसे आसानी से कंट्रोल कर लेती हूं। बाबा, इस दवाई के बारे में और लोगों को भी बताना चाहिए, क्योंकि दुनिया में बहुत से लोग गुस्से से परेशान हैं।''

फ़कीर हंसने लगा और बोला, ''बेटा, जिसे तू दवाई समझ रही है, वह सिर्फ़ पानी था। मैंने बस उसे एक शीशी में भर दिया था।''

यह सुनकर औरत चौंक गई और बोली, ''पानी से मेरा गुस्सा कैसे ठीक हो सकता है? मैं तो रोज इतना पानी पीती हूं, उससे तो कभी ऐसा नहीं हुआ।''

फ़कीर ने मुस्कुराते हुए कहा, ''तेरा गुस्सा पानी से नहीं, इस बात से ठीक हुआ है कि जब भी तुझे गुस्सा आता था, तू एक-दो मिनट के लिए शांत हो जाती थी। गुस्से का सबसे बड़ा इलाज यही है - जब भी गुस्सा

आए, तुरंत कुछ मत बोलो। शांत हो जाओ और सोचो कि मैं गुस्सा क्यों कर रही हूं। जब हम गुस्से का कारण समझने की कोशिश करते हैं, तो गुस्सा अपने आप कम हो जाता है। अधिकतर समय हम बिना सोचे-समझे गुस्सा करते हैं, जिससे काम बिगड़ जाते हैं।''

फ़कीर ने समझाया, ''गुस्से पर काबू पाने का सबसे अच्छा तरीका है कि जब भी गुस्सा आए, अपने आप को एक-दो मिनट के लिए ठहरने दो। इस समय में हमारा गुस्सा काफी हद तक शांत हो जाता है।''

अब इस कहानी से हम सीखते हैं कि जब भी हमें गुस्सा आए, हमें थोड़ा रुकना चाहिए और सोचना चाहिए कि हमें गुस्सा क्यों आ रहा है। अगर हम इस प्रैक्टिस को अपनी आदत बना लें, तो गुस्से के कारणों को समझने लगेंगे और धीरे-धीरे गुस्से पर हमारा कंट्रोल बढ़ने लगेगा। इसलिए, अगली बार जब गुस्सा आए, तो थोड़ा रुकें, सोचें, और फिर प्रतिक्रिया दें।

27

मिठाइयों में अहंकार की लड़ाई

हमारा घमंड ही है जो हमें एक-दूसरे से अलग करता है, वरना अगर देखा जाए, तो सबके अंदर कुछ न कुछ एक जैसा ही है। सबके भीतर एक ही धारा बह रही है।

एक बार मिठाइयों में लड़ाई हो गई। जितनी भी मिठाइयां थीं, सब अपने-आप को सबसे बेहतर सिद्ध करना चाहती थीं। हर मिठाई यह दावा कर रही थी कि वह सबसे मीठी और सबसे प्रसिद्ध है। वहां रसगुल्ला था, रसमलाई थी, जलेबी थी, इमरती थी और लड्डू भी थे।

रसगुल्ले ने कहा, ''मैं इतना मीठा और इतना सॉफ्ट हूं कि लोग मुझे खाना सबसे ज़्यादा पसंद करते हैं।''

इतने में जलेबी बोली, ''मेरे अंदर सबसे ज़्यादा मिठास होती है और मैं सस्ती भी हूं, इसलिए लोग मुझे सबसे ज़्यादा पसंद करते हैं।''

यह सुनकर इमरती बोली, ''मेरे अंदर तो भरपूर रस होता है, लोग मुझे बड़े चाव से खाते हैं।''

उसी समय वहां बूंदी का लड्डू, जो बहुत मशहूर था, घमंड से बोला, ''तुम सबकी लोकप्रियता मेरे सामने कुछ भी नहीं है। मैं दुनिया में सबसे ज़्यादा पसंद किया जाता हूं, इसलिए सबसे प्रसिद्ध और प्रचलित मिठाई मैं हूं।''

इसी तरह मिठाइयों के बीच बहस चल रही थी। तभी वहां कुछ दूर चीनी बैठी हुई यह सब सुन रही थी। उसने हंसते हुए कहा, ''तुम लोगों को यह सब क्यों लगता है?''

मिठाइयों ने जवाब दिया, ''हमारे अंदर बहुत सी विशेषताएं हैं, इसलिए हम प्रसिद्ध हैं और हमें सबसे ज़्यादा पसंद किया जाता है।''

चीनी ने यह सुनकर जोर से हंसते हुए कहा, ''चलो, एक प्रयोग करके देखते हैं। यदि मैं तुम सबके अंदर से निकल जाऊं, तो तुम्हारा क्या होगा? कोई आटा बन जाएगा, कोई सूजी, कोई मैदा और कोई कुछ और। तुम्हारा अस्तित्व ही खत्म हो जाएगा। तो फिर तुम्हें किस बात का घमंड है? सच तो यह है कि तुम लोगों को जो पहचान मिली है, वह मेरी वजह से है।''

यह तो एक कहानी थी, लेकिन यह हमें एक बहुत बड़ा संदेश देती है।

आपने अक्सर देखा होगा कि हम दूसरों को उनके बाहरी स्वरूप के आधार पर आंकते हैं। अगर कोई व्यक्ति अच्छा दिखता है, तो हम उसे अच्छा इंसान मान लेते हैं, और जो अच्छा नहीं दिखता, तो उसे कमतर समझते हैं। लेकिन यदि हम बाहरी स्वरूप से ऊपर उठकर लोगों को देखने लगें, तो हमें एहसास होगा कि सबके अंदर एक जैसी ही विशेषताएं हैं।

जिस दिन हम यह समझ जाते हैं, उस दिन हमें किसी पर गुस्सा नहीं आएगा, क्योंकि हमें सब अपने जैसे लगेंगे। सबके अंदर कुछ ऐसा होगा, जो हमारे अंदर भी है।

अगर हम मनुष्य होकर भी केवल बाहरी स्वरूप के आधार पर ही दूसरों को पहचानते हैं, तो हमारी सोच का दायरा बहुत छोटा है। इस दायरे को बढ़ाने के लिए हमें अपनी सोच को ऊंचा उठाना होगा। अगर रिश्तों की नींव केवल बाहरी स्वरूप पर आधारित होगी, तो वे रिश्ते ज़्यादा समय तक टिक नहीं पाएंगे।

इसलिए हर चीज़ के लिए बाहरी स्वरूप को आधार नहीं बनाना चाहिए।

28

जापान के सन्यासी की कहानी (पॉजिटिव थिंकिंग)

अगर आप पॉजिटिव हैं और पॉजिटिव सोचते हैं, तो इस दुनिया में ऐसी कोई भी लड़ाई नहीं है जो आप नहीं जीत सकते। चाहे वह जीवन की लड़ाई हो या आपकी व्यक्तिगत लड़ाई। यदि आप सकारात्मक सोच रखते हैं, तो आप अपनी जीत सुनिश्चित कर सकते हैं।

जापान में एक राजा था। उसे पता चला कि उसका पड़ोसी राज्य उस पर हमला करने की तैयारी में है। वह राज्य आकार में बहुत बड़ा था, उसकी सेना विशाल थी, और उसके पास हाथी-घोड़े जैसे साधन भी पर्याप्त थे। इस वजह से राजा बेहद चिंतित हो गया। उसे यकीन हो गया कि यदि हमला हुआ, तो हार निश्चित है।

राजा ने अपने सेनापती को बुलाया और पूछा, ''तुम्हें क्या लगता है? अगर पड़ोसी राज्य ने हम पर हमला कर दिया, तो हमें क्या करना चाहिए – लड़ना या हार मान लेना?''

सेनापती घबरा गया और बोला, ''महाराज, आपको लड़ने के बारे में सोचना भी नहीं चाहिए। उनकी सेना बहुत बड़ी है, और हमारी सेना छोटी। हार तो तय है। माफी मांगना ही बेहतर होगा। माफी से शायद हमारी जान बच जाए।''

यह सुनकर राजा और ज़्यादा डर गया। वह समझ नहीं पा रहा था कि क्या किया जाए। राजा ने एक आदत बना ली थी कि किसी भी मुश्किल समय में वह अपने गुरु, जो एक सन्यासी थे, के पास जाता और उनसे सलाह लेता था। इस बार भी राजा उनके पास गया और पूरी बात बताई।

राजा ने कहा, ''पड़ोसी राज्य हम पर हमला करने वाला है। जब मैंने सेनापती से पूछा कि क्या हमें लड़ना चाहिए, तो उसने कहा कि जितनी जल्दी हो सके माफी मांग लो। सेनापती का कहना है कि हमारी सेना छोटी है और उनकी सेना बहुत बड़ी। लड़ाई में हमारी हार तय है।''

यह सुनकर सन्यासी गुस्से में आ गए और बोले, ''जितनी जल्दी हो सके, उस सेनापती को राज्य से निकाल दो। अगर वह राज्य में रहा, तो तुम्हारी हार निश्चित है। अगर वह नहीं रहेगा, तो जीतने की संभावना बन सकती है।''

राजा यह सुनकर अचंभित हो गया और बोला, ''लेकिन वह तो हमारा मुख्य सेनापति है। अगर उसे निकाल दिया, तो सेना का संचालन कौन करेगा? वह जानता है कि हथियारों, घोड़ों और हाथियों को कैसे इस्तेमाल करना है। मुझे तो यह सब नहीं आता।''

सन्यासी ने कहा, ''तुम उसकी चिंता मत करो। तुम्हारी सेना का नेतृत्व मैं करूंगा। लेकिन उस सेनापती तत्काल राज्य से निष्कासित कर दो।''

राजा को अपने गुरु पर पूरा विश्वास था। उसने तुरंत सेनापती को हटा दिया और सन्यासी को सेनापति बना दिया।

सन्यासी ने तय किया कि अगर हमें जीतना है, तो पड़ोसी राज्य पर हमें पहले हमला कर देना चाहिए। इससे होगा यह कि वे पूरी तरह तैयार नहीं होंगे, और हमारे जीतने की संभावना काफी बढ़ जाएगी। राजा को यह सुझाव अच्छा लगा, लेकिन कहीं न कहीं डर भी था कि अगर हम उनके राज्य में जाकर लड़ेंगे, तो हारने की संभावना भी बनी रहेगी।

क्योंकि यह सुझाव सन्यासी ने दिया था, राजा ने उनके फैसले पर भरोसा किया और पूरी तैयारी के साथ सेना लेकर निकल पड़ा। जब वे दूसरे राज्य की सीमा में प्रवेश करने वाले थे, तो रास्ते में एक मंदिर आया। मंदिर के सामने पहुंचते ही सन्यासी ने पूरी सेना को रुकने का आदेश दिया।

सन्यासी ने मंदिर के सामने सिर झुकाया और कहा, ''भगवान, मैं तुमसे पूछता हूं, हम जो लड़ाई के लिए जा रहे हैं, उसमें हम जीतेंगे या हारेंगे?''

वह कुछ देर तक सिर झुकाकर खड़ा रहा, लेकिन कोई जवाब नहीं आया। तभी पीछे से एक सिपाही बोला, ''ऐसे भगवान थोड़े ही ना बताएंगे। उनसे पूछने का कुछ और तरीका होना चाहिए।''

सन्यासी ने कहा, ''ठीक है। एक काम करते हैं। सिक्का उछाल लेते हैं। अगर सिक्का सीधा आएगा, तो हम जीत जाएंगे और अगर उल्टा आएगा, तो हम हार जाएंगे। तो चलो भगवान के भरोसे सिक्का उछालते हैं।''

सन्यासी ने सिक्का उछाला, और वह सीधा गिरा। इसे देखकर सन्यासी बहुत खुश हो गया। वह सेना के पास आया और बोला, ''भगवान ने कह दिया है कि हम जीतने वाले हैं। जब भगवान ने कह दिया है कि हम जीत रहे हैं, तो इस दुनिया की कोई ताकत हमें नहीं हरा सकती। यदि हम हारना भी चाहें तो भी हार नहीं सकते हैं क्योंकि भगवान की यही इच्छा है।''

यह सुनकर पूरी सेना उत्साह से भर गई। वे दूसरे राज्य पर धावा बोलने निकल पड़े। उन्होंने विरोधी सेना पर हमला कर दिया। लड़ाई दो दिनों तक चली, लेकिन अंत में, छोटी सेना ने बड़ी सेना को बुरी तरह हरा दिया। विरोधी सेना पूरी तरह तहस-नहस हो गई।

जब राजा और उसकी सेना जीतकर वापस लौट रहे थे, तो वे उसी मंदिर के पास से गुजरे। सिपाहियों ने देखा कि सन्यासी मंदिर के सामने नहीं रुका। सिपाहियों ने कहा, ''लगता है आपको जीतने के बाद घमंड हो गया है। भगवान की वजह से ही हम जीते हैं। क्या आपको उनका धन्यवाद नहीं करना चाहिए?''

यह सुनकर सन्यासी मुस्कुराया और बोला, ''अगर यह जीत भगवान की वजह से होती, तो मैं उनका धन्यवाद ज़रूर करता। लेकिन इस जीत में भगवान का कोई हाथ नहीं था। इसलिए मैं धन्यवाद नहीं कर रहा हूं।''

यह सुनकर सिपाही और राजा हैरान रह गए। उन्होंने पूछा, ''सन्यासी, आप यह क्या कह रहे हैं?''

तब सन्यासी ने बताया, ''जो सिक्का मैंने उछाला था, वह दोनों तरफ से सीधा था। मुझे पहले से पता था कि वह सीधा ही गिरेगा। जब मैंने कहा

कि भगवान ने कहा है कि हम जीतेंगे, तो आप सभी के मन में यह विश्वास भर गया कि हमें कोई हरा नहीं सकता।

जिंदगी में जब यह विश्वास हो जाए कि हम कोई काम कर सकते हैं, तो पूरी दुनिया की ताकत उस काम को पूरा कराने में लग जाती है। इसलिए, इस जीत का श्रेय भगवान को नहीं, हमारी सोच को जाता है। हम जीते क्योंकि हमने विश्वास किया कि हम जीत सकते हैं।''

यह कहानी हमें एक महत्वपूर्ण संदेश देती है। अगर हम इसे अपनी जिंदगी में अपनाएं, तो हम आसानी से सफलता हासिल कर सकते हैं। जब भी मुश्किलें आएं, खुद पर भरोसा रखें। यह मान लें कि अगर आपने कोई फैसला लिया है और उसके लिए काम कर रहे हैं, तो आपको कोई हरा नहीं सकता। चाहे वह काम कितना भी बड़ा या मुश्किल क्यों न हो, यदि आप विश्वास और लगन के साथ डटे रहते हैं, तो एक दिन वह लक्ष्य आपको ज़रूर मिलेगा।

29

भिखारी का वुडन बॉक्स

स्वामी विवेकानंद जी ने कहा है कि ''अपने आप को कमजोर समझ लेना इस दुनिया का सबसे बड़ा पाप है।''

एक भिखारी था, जो एक ही शहर में रहता था और हमेशा भीख मांगता था। वह एक बड़े वुडन बॉक्स (लकड़ी के डिब्बे) के ऊपर बैठकर भीख मांगता था। उसी पर बैठकर खाना खाता, और जब कहीं और जाना होता, तो उस बॉक्स को उठाकर अपने साथ ले जाता।

एक दिन भिखारी की मृत्यु हो गई। आस-पास के लोगों ने देखा कि वह मर चुका है। वे उसके शव को उठाकर श्मशान ले जाने लगे। जब अंतिम संस्कार की प्रक्रिया शुरू हुई, तो किसी ने सुझाव दिया, ''यह वुडन बॉक्स भी हमेशा इसके साथ रहा है, इसे भी इसके साथ जला देना चाहिए।''

लेकिन एक व्यक्ति ने कहा, ''पहले इस बॉक्स को खोलकर देखना चाहिए कि इसके अंदर क्या है।'' जब बॉक्स खोला गया, तो सभी हैरान रह गए। बॉक्स के अंदर सोना भरा हुआ था।

यह देखकर सब चकित हो गए। किसी ने कहा, ''इस भिखारी के पास इतना सोना था, फिर भी यह भीख क्यों मांगता था? हो सकता है कि इसे पता ही नहीं था कि इसके बॉक्स में इतना सोना है। अगर इसे पता होता, तो यह अच्छी जिंदगी जी सकता था।''

यह कहानी हमें एक गहरा संदेश देती है। हमारी जिंदगी में भी ऐसा ही है। हम अक्सर अपने साथ एक अमूल्य खजाना लेकर घूमते हैं, लेकिन उसकी कीमत को नहीं समझ पाते। छोटी-छोटी चीजों, जैसे पैसे, इज्जत, या बाहरी खुशी के पीछे भागते रहते हैं।

हमारे भीतर एक महान खजाना है – हमारी आत्मा। लेकिन हम इसे जान ही नहीं पाते। जिस दिन हम अपने अंदर झांकेंगे और अपनी आत्मा को पहचानेंगे, हमें एहसास होगा कि सारी खुशी, सारा खजाना, और सच्ची सफलता हमारे भीतर ही है।

पूरी जिंदगी हम बाहरी खुशी, धन, और सम्मान ढूंढते रहते हैं, जबकि ये सब हमारे अंदर पहले से मौजूद है। इसलिए, यह समझना बहुत ज़रूरी है कि हमारी दौड़ किस दिशा में है।

क्या हम पैसे के पीछे भाग रहे हैं? इज्जत के पीछे भाग रहे हैं? या सच्ची खुशी के पीछे भाग रहे हैं? अगर आपका लक्ष्य सच्ची खुशी है, तो अपने मूल तत्व को, अपनी आत्मा को जानने की कोशिश करें। वहीं सच्चा खजाना छिपा हुआ है।

30

जैसी दृष्टि वैसी सृष्टि

यह कहानी हमें सिखाती है कि जैसी हमारी दृष्टि होती है, वैसी ही हमें यह सृष्टि नज़र आती है।

एक गांव था, जो पहले बहुत खुशहाल था। लेकिन कई दिनों तक बारिश नहीं हुई, जिससे वहां भुखमरी फैलने लगी। लोग भूख से तड़प रहे थे। घरों में अनाज खत्म हो चुका था, बच्चे भूखे रो रहे थे, और माता-पिता यह सोचकर परेशान थे कि अपने बच्चों को खाना कैसे खिलाएं। हालात बहुत खराब थे। भविष्य में भी कोई उम्मीद नज़र नहीं आ रही थी कि हालात बेहतर होंगे।

गांव के लोग धीरे-धीरे पलायन करने लगे। कुछ नजदीकी गांवों में जा रहे थे, तो कुछ शहरों की ओर। इस तरह, गांव लगभग खाली हो चुका था।

इसी दौरान, गांव का एक व्यक्ति वहां से निकला और दूसरे गांव में पहुंचा। जब वह गांव में दाखिल हो रहा था, तो वहां के मुखिया से उसकी मुलाकात हुई। उसने मुखिया को अपनी समस्या बताई और कहा,

''हमारे गांव में भुखमरी फैली है। लोग वहां से पलायन कर रहे हैं। मैं भी वहां से निकलकर यहां आ गया हूं। क्या मैं आपके गांव में रह सकता हूं?''

मुखिया ने मुस्कुराते हुए कहा, ''आपका स्वागत है। लेकिन मैं आपसे एक सवाल करना चाहता हूं। जिस गांव से आप आए हैं, वहां के लोग कैसे थे? आप वहां के लोगों से खुश थे या नहीं?''

उस व्यक्ति ने जवाब दिया,

''उस गांव के लोगों के बारे में मत पूछिए। वे बहुत बुरे, स्वार्थी, और दुष्ट थे। उनके कारण ही मैं हमेशा परेशान रहता था। मैं वहां से निकलकर बहुत राहत महसूस कर रहा हूं। मुझे लगता है कि आपके गांव के लोग अच्छे होंगे और मैं यहां शांति से रह सकूंगा।''

यह सुनकर मुखिया ने मुस्कुराते हुए कहा,

''आप सही व्यक्ति से मिले हैं। मैं आपको इस गांव की सच्चाई बताता हूं। अगर आप मेरे गांव में आए, तो यहां के लोग उस गांव से भी बुरे निकलेंगे। यहां तो लोग किसी भी हद तक गिर सकते हैं। मेरी सलाह है कि आप किसी और गांव की ओर चले जाएं, क्योंकि यहां से भी आपको कुछ दिनों में परेशान होकर जाना पड़ेगा।''

उस व्यक्ति ने मुखिया का धन्यवाद किया और वहां से चला गया।

मुखिया के पास खड़े कुछ ग्रामीण यह सब देख रहे थे। वे सोचने लगे कि मुखिया ने ऐसा क्यों कहा।

थोड़ी देर बाद, एक और व्यक्ति उसी गांव में आया और मुखिया से वही सवाल किया,

''क्या मैं आपके गांव में रह सकता हूं?''

मुखिया ने फिर वही सवाल किया,

''आप जिस गांव से आए हैं, वहां के लोग कैसे थे? वे अच्छे थे या बुरे?''

दूसरे व्यक्ति ने जवाब दिया,

''उन लोगों की बात मत कीजिए। वे इतने अच्छे थे कि उनसे बिछड़ने का गम मेरे दिल को छलनी कर रहा है। वे हमेशा मेरी मदद करते थे। उनसे दूर होने का दुख मुझे जीवन भर रहेगा।''

यह सुनकर मुखिया ने उस व्यक्ति को गले लगा लिया और कहा,

''आपका हमारे गांव में तहे दिल से स्वागत है। यहां के लोग भी उतने ही अच्छे हैं। वे आपको इतना प्यार देंगे कि आप अपने पुराने गांव को भूल जाएंगे। आप यहां अपने परिवार की तरह रहेंगे, और यह गांव आपका घर बन जाएगा।''

जैसे ही वह व्यक्ति वहां से गया, पास खड़े व्यक्ति ने मुखिया जी से जाकर कहा,

''मैं यह समझ नहीं पा रहा हूं कि आपने एक व्यक्ति से कहा कि इस गांव के लोग बहुत बुरे हैं, और दूसरे व्यक्ति से कहा कि इस गांव के लोग बहुत अच्छे हैं। एक ही गांव के बारे में आपने दो अलग बातें क्यों कहीं? क्या यह उचित है कि आपने एक बार अपने गांव वालों को बुरा कहा और दूसरी बार अच्छा?''

मुखिया जी मुस्कुराए और बोले, ''बेटा, यह पूरी तरह से इस बात पर निर्भर करता है कि व्यक्ति की दृष्टि कैसी है। दुनिया को वह किस नज़रिये से देखता है। जो जैसा देखता है, वैसा ही माहौल वह अपने आसपास बना लेता है। पहला व्यक्ति बहुत नकारात्मक था। वह हर चीज़ में केवल बुराई देखता था, इसलिए उसे हर कोई बुरा लगता था। ऐसे व्यक्ति के लिए, चाहे वह कहीं भी जाए, सब कुछ नकारात्मक ही लगेगा। दूसरी ओर, दूसरा व्यक्ति हर चीज़ में अच्छाई देखता था। वह लोगों की सकारात्मकता और भलाई को पहचानता था। इसलिए, उसके लिए दुनिया में अच्छाई और अच्छे लोग ही नज़र आते हैं। इसी वजह से मैंने पहले व्यक्ति से कहा कि वह यहां न रहे, क्योंकि उसके नकारात्मक दृष्टिकोण से इस गांव का माहौल भी खराब हो सकता था। और मैंने दूसरे व्यक्ति को इस गांव में रहने की अनुमति दी, क्योंकि उसका सकारात्मक दृष्टिकोण इस गांव को और भी बेहतर बना देगा।''

यह कहानी हमें एक महत्वपूर्ण संदेश देती है :

जैसा हम देखना चाहते हैं, वैसा ही हमें यह संसार दिखाई देता है।

अगर हम केवल बुराई देखने की आदत डालते हैं, तो हर चीज़ में केवल बुराई ही नज़र आती है। लेकिन अगर हम अच्छाई देखने की कोशिश करें, तो हमें हर तरफ केवल अच्छाई दिखाई देती है।

यह पूरी तरह से हमारी सोच और दृष्टिकोण पर निर्भर करता है। जो चीज़ हम देखने का प्रयास करते हैं, वही हमारे आसपास का माहौल बनाती है। अगर हमें जिंदगी में खुश रहना है, तो हमें खुशी को देखना और पहचानना शुरू करना होगा।

उदाहरण के तौर पर, जब आप किसी गाड़ी को खरीदने का मन बनाते हैं, तो आपको सड़कों पर वही गाड़ी बार-बार दिखने लगती है। ऐसा नहीं है कि वह गाड़ी अचानक से ज़्यादा हो गई हैं। वे पहले से मौजूद थीं, लेकिन आपका ध्यान उन पर नहीं जाता था।

इसी तरह, हमारी सोच जिस चीज़ पर केंद्रित होती है, वही चीज़ हमें हर जगह नज़र आने लगती है। इसलिए, अपनी दृष्टि को सकारात्मक बनाएं, और यह संसार आपके लिए सुंदर और खुशहाल बन जाएगा।

31

प्रेम क्या होता है?
(माली और फूलों की कहानी)

दुनिया का सबसे बड़ा सवाल है, "प्रेम क्या है?"

इस सवाल पर अनगिनत लोगों ने अपने-अपने विचार प्रस्तुत किए हैं, लेकिन आज तक कोई इसे पूरी तरह से समझा या परिभाषित नहीं कर पाया है।

एक दिन की बात है, एक फ़कीर जंगल में नाच रहा था। वह इतने आनंद में झूम रहा था जैसे पेड़ों, फूलों, और प्रकृति के साथ बातें कर रहा हो। ऐसा लग रहा था मानो वह स्वयं प्रकृति का हिस्सा बन गया हो।

तभी वहां से एक पढ़ा-लिखा व्यक्ति गुज़रा। उसने सुना था कि फ़कीर अक्सर प्रेम की गहरी बातें जानते हैं। वह व्यक्ति फ़कीर के पास रुका और पूछा,

"महानुभाव, मैं जानना चाहता हूं कि प्रेम क्या होता है?"

फ़कीर अपने आनंद में डूबा हुआ नाचता रहा और उसकी बात का कोई जवाब नहीं दिया। व्यक्ति ने दोबारा जोर देकर पूछा,

"प्रेम क्या होता है?"

फ़कीर फिर भी नहीं रुका। अब व्यक्ति को गुस्सा आ गया और उसने चिल्लाकर कहा,

‘‘क्या आपको सुनाई नहीं देता? मैं आपसे पूछ रहा हूं कि प्रेम क्या होता है?’’

फ़कीर मुस्कुराया और नाचते-नाचते बोला,

‘‘अगर तुम मेरे नाच में और मेरे चेहरे पर प्रेम नहीं देख सकते, तो मैं रुककर तुम्हें समझाने की लाख कोशिश करूं, फिर भी तुम प्रेम को नहीं समझ पाओगे। तुम्हारे अंदर प्रेम को देखने की क्षमता ही नहीं है।’’

इस पर व्यक्ति और भड़क गया। उसने गुस्से में कहा,

‘‘अगर तुम्हें प्रेम के बारे में कुछ नहीं पता तो झूठी बातें मत करो। सच-सच कहो कि तुम्हें प्रेम के बारे में कुछ भी नहीं पता।’’

फ़कीर रुक गया। उसने गंभीरता से कहा,

‘‘वैसे तो तुम्हारी समझ में प्रेम नहीं आएगा, लेकिन मैं तुम्हें एक कहानी सुनाता हूं। हो सकता है, इससे तुम कुछ समझ सको।’’

एक सुंदर बगीचा था, जिसमें तरह-तरह के फूल खिले हुए थे। बगीचे का माली उन फूलों से बहुत प्रेम करता था। वह उनकी देखभाल करता, उन्हें निहारता और खुश रहता। माली का प्रेम इतना गहरा था कि जो कोई भी उसे देखता, वह अचंभित रह जाता।

एक दिन, वहां से एक जौहरी गुज़रा। उसने माली को नाचते हुए देखा और पूछा,

‘‘तुम किस बात की खुशी में नाच रहे हो? यहां तो कुछ भी खास नहीं है। न कोई संगीत है, न कोई उत्सव।’’

माली ने मुस्कुराते हुए जवाब दिया,

‘‘मैं इन फूलों को देखकर नाच रहा हूं। इनकी सुंदरता और प्रेम को देखकर मेरा मन प्रफुल्लित हो जाता है। जो इन फूलों को देखकर नाच नहीं सकता, वह असली खुशी को नहीं समझ सकता।’’

जौहरी ने कहा,

‘‘मुझे तो इनमें कुछ खास नज़र नहीं आता। आखिर इनमें ऐसा क्या है?’’

माली ने कहा,

''तुम इन फूलों को ध्यान से देखो। अगर तुम्हारे अंदर प्रेम है, तो तुम इनकी सुंदरता और खुशी को महसूस करोगे।''

जौहरी ने फूलों को बड़े ध्यान से देखा, पर उसे कुछ समझ नहीं आया। उसने कहा,

''मुझे एक फूल दो। मैं इसे परखकर देखता हूं।''

माली ने उसे एक फूल दे दिया। जौहरी ने अपनी जौहरी की कसौटी निकाली और फूल को घिसने लगा। जैसे ही उसने ऐसा किया, फूल मुरझा गया। यह देखकर माली और वहां के बाकी फूल जोर-जोर से हंसने लगे।

माली ने कहा, ''प्रेम को परखने की कोशिश मत करो। प्रेम को किसी कसौटी पर नहीं कसा जा सकता। प्रेम को महसूस किया जाता है, समझा नहीं जा सकता। तुम्हारे अंदर प्रेम नहीं है। तुम्हारे अंदर केवल व्यापार है। इसलिए तुम इसे समझने में असमर्थ हो।''

जौहरी को यह बात समझ नहीं आई और वह वहां से अपने घर लौट गया।

यह कहानी हमें सिखाती है कि जीवन में हम अक्सर प्रेम को परखने की कोशिश करते हैं। आपने देखा होगा कि जिनका कोई रिश्ता होता है, वे बार-बार यह जानने की कोशिश करते हैं कि सामने वाला उनसे कितना प्रेम करता है। इसी सवाल को पूछते-पूछते उनकी पूरी ज़िंदगी बीत जाती है। कभी उन्हें शिकायत होती है, तो कभी लगता है कि कोई बहुत प्रेम करता है।

यदि हमारा प्रेम सिर्फ़ बाहरी स्थितियों या मापदंडों (क्राइटेरिया) पर निर्भर करता है, तो हम यह कभी नहीं समझ सकते कि प्रेम वास्तव में क्या है। प्रेम एक एहसास है, एक फीलिंग है, जो हमारे दिल में जागती है।

जब हमें सच्चा प्रेम होता है, तो यह मायने नहीं रखता कि वह प्रेम किससे हुआ है या कितना हुआ है। असली बात यह है कि प्रेम से हमारे भीतर क्या परिवर्तन आया है।

यदि आप हर समय प्रेम में डूबे रहते हैं, हर पल प्रेम महसूस करते हैं, तो आपको प्रेम हो गया है। चाहे वह व्यक्ति, जिससे आपको प्रेम है, आपके

पास हो या न हो, लेकिन प्रेम की भावना आपको हर समय प्रफुल्लित और झूमने पर मजबूर कर देती है।

इसलिए, प्रेम को परखने के बजाय उसे महसूस करना शुरू करें। यही सच्चे प्रेम की पहचान है।

32

दुनिया आपसे कभी संतुष्ट नहीं हो सकती (समझदार कुत्ते की कहानी)

यह ज़िंदगी का सबसे बड़ा सच है कि आप दूसरों के लिए कुछ भी कर लें, लोग आपसे कभी संतुष्ट नहीं होंगे। चाहें आप अपनी जान भी दे दें, फिर भी लोग आपके भीतर कुछ न कुछ कमी निकाल ही लेंगे। यही सच्चाई है कि हम किसी को पूरी तरह संतुष्ट नहीं कर सकते। तो फिर हमें अपनी पूरी ज़िंदगी इस कोशिश में क्यों बर्बाद करनी चाहिए कि दूसरों को संतुष्ट करें? इसलिए ज़रूरी है कि हम खुद को संतुष्ट करने के लिए काम करें।

एक दुकानदार था, जो अपनी दुकान में घर का सारा ज़रूरी सामान बेचता था। एक दिन उसने देखा कि एक कुत्ता सामने से चला आ रहा है। उसके गले में एक बैग लटका हुआ था और मुंह में एक पर्ची और पैसे दबे हुए थे। कुत्ता सीधे दुकान की ओर बढ़ा और दुकान के सामने आकर रुक गया। दुकानदार ने कुत्ते के मुंह से पर्ची निकाली और देखा कि उस पर घर के सामान की सूची लिखी हुई थी, जैसे किसी ने पेन से लिखा हो।

दुकानदार हैरान था लेकिन उसने सूची के मुताबिक सामान निकाला और कुत्ते के गले में लटके बैग में सामान भर दिया। बचा हुआ पैसा और पर्ची भी उसने बैग में डाल दिया। फिर वह कुत्ता बैग लेकर चल दिया।

दुकानदार इस कुत्ते की समझदारी देखकर दंग रह गया और सोचने लगा कि आखिर इसके मालिक ने इसे इतना प्रशिक्षित कैसे किया होगा। वह कुत्ते के पीछे-पीछे चल दिया। चलते-चलते कुत्ता एक बस स्टॉप पर जाकर बैठ गया। जैसे ही बस आई, कुत्ता बस में चढ़ गया। उसने कंडक्टर को पैसे दिए, टिकट लिया और फिर जाकर सीट पर बैठ गया। दुकानदार भी कुत्ते के पीछे-पीछे बस में चढ़ गया।

कुछ समय बाद, कुत्ता बस से उतरा और एक घर की ओर चल पड़ा। दुकानदार भी उसके पीछे-पीछे चल रहा था। कुत्ता घर के गेट पर पहुंचा और घंटी बजाई। दुकानदार छुपकर सब देख रहा था। उसने देखा कि कुत्ते का मालिक बाहर आया, लेकिन वह गुस्से में था। उसने डंडा उठाया और कुत्ते को चार-पांच डंडे लगा दिए।

दुकानदार यह देखकर चौंक गया। उससे रहा नहीं गया और वह कुत्ते के मालिक के पास जाकर बोला, ''आपका कुत्ता इतना समझदार है, जितना मैंने अपनी पूरी ज़िंदगी में नहीं देखा। यह इतना काम करता है, फिर भी आप इसे मार रहे हैं?''

कुत्ते के मालिक ने जवाब दिया, ''अगर यह इतना ही समझदार है, तो इसे घर की चाबी साथ ले जानी चाहिए थी। अब यह दरवाजे की घंटी बजाकर मेरी नींद खराब कर रहा है। इसलिए मैंने इसे डंडे मारे हैं ताकि अगली बार यह गलती न करे।''

दुकानदार यह सुनकर मुस्कुराया और बोला, ''यह सच है कि इस दुनिया में इंसान को कोई भी संतुष्ट नहीं कर सकता। जानवर एक बार खाने या किसी छोटी चीज़ से संतुष्ट हो जाते हैं, लेकिन इंसान कभी संतुष्ट नहीं होता। यहां तक कि अगर भगवान भी जमीन पर आ जाएं, तो इंसान उनसे भी संतुष्ट नहीं होगा।''

यह कहानी हमें सिखाती है कि जीवन में दूसरों को खुश करने की कोशिश में हम खुद को भूलते चले जाते हैं। अक्सर हम सोचते हैं कि अगर पेरेंट्स की इच्छाएं पूरी कर देंगे, तो वे खुश हो जाएंगे। परिवार के सदस्यों की अपेक्षाओं को पूरा कर देंगे, तो वे संतुष्ट हो जाएंगे। लेकिन इस प्रक्रिया में हमारी अपनी खुशी कहीं खो जाती है।

यह भी होता है कि जब आप दूसरों की इच्छाएं पूरी कर देते हैं, तो उनकी अपेक्षाएं और बढ़ जाती हैं। इस तरह, आप अपनी पूरी जिंदगी दूसरों को संतुष्ट करने में बर्बाद कर देते हैं।

इसलिए, यह ज़रूरी है कि हम वही करें जो हमें खुशी देता है। अपनी इच्छाओं और संतोष को प्राथमिकता दें। यही जीवन का परम लक्ष्य होना चाहिए।

यदि आप अपने आप को समझने और संतुष्ट करने का प्रयास करते हैं, तो आपको यह भी महसूस होगा कि इस दुनिया का रचयिता आप में ही बसा हुआ है। खुद को खोजते हुए, आप उसे भी पा लेंगे।

33

जिंदगी आज में होती है, कल में नहीं (5 करोड़ की कहानी)

कभी-कभी हमें खुद से पूछ लेना चाहिए कि जिंदगी में हमें करना क्या है, कहां जाना है, और क्या पाना है। अगर ऐसा नहीं किया तो हम बस भविष्य की योजनाएं बनाते रह जाएंगे और एक दिन ऐसा आएगा जब हमारे पास समय ही नहीं बचेगा। तब हमें अपनी ख्वाहिशें अधूरी ही छोड़कर जाना पड़ेगा। इसलिए, आज का दिन ही वह दिन है, जब हम अपनी जिंदगी जी सकते हैं।

एक व्यापारी था, जिसके पास अपार धन, बच्चे, पत्नी और पूरा परिवार था। उसने सोचा, ''मेरे पास सब कुछ है। जब मेरे पास 5 करोड़ रुपए हो जाएंगे, तब मैं अपने व्यापार और काम को छोड़कर अपनी जिंदगी जीना शुरू करूंगा।'' उसने तय किया कि वह अपनी सारी ख्वाहिशें पूरी करेगा - घूमना, नई चीजें खरीदना, बड़ी गाड़ी लेना और लोगों से मिलना।

वह मेहनत करता रहा और आखिरकार वह दिन आ गया जब उसके पास 5 करोड़ रुपए जमा हो गए। उसने खुशी-खुशी तय किया, ''अब मैं अपनी जिंदगी को जीना शुरू करूंगा।'' अपनी दुकान से घर की ओर जाते हुए, वह बेहद खुश था। वह अपने दिमाग में सोच रहा था कि वह पहले क्या करेगा, फिर उसके बाद क्या करेगा।

जैसे ही वह अपने गांव में पहुंचा, लोगों ने देखा कि उसके चेहरे पर अलग ही तरह की खुशी है। लोगों ने उससे पूछा, ''सेठ जी, आज आप इतने खुश क्यों हैं?''

सेठ जी ने मुस्कुराते हुए जवाब दिया, ''आज मैं अपने व्यापार से विदा ले रहा हूं और अपनी जिंदगी जीना शुरू करूंगा। अब मेरी जिंदगी में सिर्फ़ आजादी होगी।''

सेठ जी अपने घर पहुंचे, लेकिन वहां उन्होंने देखा कि यमराज उनके घर पर बैठे हुए हैं। यह देखकर वह घबरा गए। उन्होंने यमराज से पूछा, ''आप यहां क्यों आए हैं?''

यमराज ने कहा, ''तुम्हारा समय पूरा हो गया है। अब तुम्हें मेरे साथ चलना होगा।''

सेठ जी घबरा गए और गिड़गिड़ाने लगे, ''मुझे अभी कैसे ले जा सकते हैं? आज तो मैंने सोचा था कि अपनी जिंदगी जीना शुरू करूंगा। मैंने अपनी सारी ख्वाहिशें पूरी करने के लिए 5 करोड़ कमाए हैं। अभी तो मुझे जीना है।''

यमराज ने शांतिपूर्वक कहा, ''यह तुम्हारा सोचना है। तुम्हें लगता है कि अब तुम्हारा समय शुरू हुआ है, लेकिन ब्रह्मांड के नियम के अनुसार तुम्हारा समय पूरा हो गया है। इसे बदला नहीं जा सकता।''

सेठ जी ने यमराज से प्रार्थना की, ''मेरी आधी दौलत ले लो, लेकिन मुझे सिर्फ़ तीन दिन का समय दे दो।''

यमराज ने कहा, ''तीन दिन तो क्या, मैं तुम्हें तीन मिनट भी नहीं दे सकता। तुम्हें अभी चलना होगा।''

सेठ जी ने आखिरी बार कहा, ''मेरी पूरी दौलत ले लो, लेकिन मुझे कुछ मिनट दे दो ताकि मैं अपने परिवार को ज़रूरी बातें समझा सकूं और अपने अधूरे काम पूरे कर सकूं।''

यमराज ने कहा, ''मैं तुम्हें सिर्फ़ इतना समय दे सकता हूं कि तुम एक पत्र लिख सको और घरवालों को अपना संदेश दे सको।''

सेठ जी की आंखों में आंसू थे। उन्होंने फैसला किया कि वह अपने अनुभव से ऐसा संदेश देंगे जो दूसरों की जिंदगी को बदल सके।

उन्होंने पत्र में लिखा :

''आज मेरा आखिरी दिन है। मैंने सोचा था कि जब मेरे पास पर्याप्त पैसा होगा, तब मैं अपनी जिंदगी जीना शुरू करूंगा। लेकिन आज मैं समझ गया हूं कि वह 'एक दिन' कभी नहीं आता। अगर आप भी सोच रहे हैं कि भविष्य में अपनी ख्वाहिशें पूरी करेंगे, तो यकीन मानिए, वह दिन कभी नहीं आएगा। इसलिए अगर आपको जिंदगी जीनी है, तो उसे आज ही जीना शुरू करें। किसी को नहीं पता कि बुलावा कब आ जाए।''

यह कहानी हमें सिखाती है कि हममें से कई लोग अपनी जिंदगी सिर्फ़ धन इकट्ठा करने में बर्बाद कर देते हैं। कोई धन दूसरों का भला करके कमाता है, तो कोई दूसरों का बुरा करके। लेकिन सच्चाई यह है कि धन एक ऐसी चीज़ है जो आपके साथ नहीं जाएगी।

धन का उपयोग सिर्फ़ इतना ही किया जा सकता है कि वह आपकी आज की जिंदगी को बेहतर और आसान बना सके। इसलिए, अपनी ख्वाहिशों को पूरा करने और दूसरों के लिए कुछ अच्छा करने का काम आज ही शुरू करो।

क्योंकि कोई नहीं जानता कि कब यमराज आपके दरवाजे पर दस्तक दे दें और कहें, ''तुम्हारा समय पूरा हो गया है।''

34

बिना सोचे-समझे गुस्सा करना (दो साधुओं की कहानी)

यह कहानी उन लोगों के लिए है जो छोटी-छोटी बातों पर अपना धैर्य खो बैठते हैं। ऐसे लोग गुस्से में बिना सोचे-समझे कुछ भी बोल देते हैं और बाद में पछताते हैं कि काश उस वक्त उन्होंने ऐसा नहीं कहा होता। यह कहानी सहनशीलता और प्रेम की ताकत को दर्शाती है।

एक बार की बात है, एक सन्यासी गांव-गांव भ्रमण करते रहते थे। उनका उद्देश्य था लोगों को जीवन का सही मार्ग दिखाना और उनके दुखों को दूर करना। वे हर गांव में कुछ दिन ठहरते, लोगों से मिलते, उनसे बातचीत करते, और फिर अगले गांव की ओर प्रस्थान कर जाते।

एक बार वह एक सुंदर से गांव पहुंचे। वहां के लोग बहुत प्रेमपूर्ण और मिलनसार थे। उनके व्यवहार ने साधु का दिल जीत लिया, और साधु ने सोचा, ''यहां कुछ समय और बिताना चाहिए। इन लोगों की सेवा करके आनंद मिलेगा।''

दिन बीतते गए, और साधु धीरे-धीरे गांव में प्रसिद्ध हो गए। उनकी शांत और सकारात्मक ऊर्जा से लोग खिंचे चले आते थे। दूर-दूर के गांवों से लोग उनका आशीर्वाद लेने आने लगे। हर कोई कहता, ''उनके पास बैठने से सारी परेशानियां दूर हो जाती हैं।''

लेकिन गांव के एक पुराने पंडित, जो पहले लोगों के सम्मान का केंद्र थे, इस बदलाव से परेशान हो गए। पहले लोग हर सलाह के लिए उनके पास आते थे, लेकिन अब कोई उनके पास नहीं आता था। उनका अहंकार और ईर्ष्या उन्हें भीतर से खाए जा रही थी।

ईर्ष्या के कारण पंडित ने साधु को बदनाम करने का निश्चय किया। वह प्रतिदिन साधु के आश्रम के बाहर खड़े होकर ऊंची आवाज में अपशब्द कहने लगे। हर दिन आधे घंटे तक वहीं खड़े रहकर गालियां देकर अपनी नाराजगी जताते।

साधु के शिष्य यह सब देखकर क्रोध से भर उठते। उन्होंने साधु से निवेदन किया, ''गुरुदेव, कृपया हमें आज्ञा दें, ताकि हम उन्हें एक अच्छा सबक सिखा सकें।''

लेकिन साधु मुस्कुराते हुए कहते, ''ब्रह्मांड हर किसी को सही राह पर लाने का काम करता है। हमारा काम केवल दूसरों की सहायता करना और उनके लिए अच्छा सोचना है। हर व्यक्ति के दिल में अच्छाई होती है। हमें केवल उनकी मदद करनी चाहिए और उनके बारे में अच्छा सोचना चाहिये।''

एक दिन आश्रम में एक फलवाला आया। उसके पास ताजे और रसीले फल थे। साधु ने उससे कहा, ''मेरे लिए ढेर सारे फल बांध दो।''

फलवाले ने पूछा, ''गुरुदेव, आप इतने सारे फल किसके लिए ले रहे हैं?''

साधु ने मुस्कुराते हुए जवाब दिया, ''इन फलों को उस पंडित को दे आओ, जो रोज यहां आकर गालियां देते हैं। उनसे कहना कि ये फल उनकी अच्छी सेहत के लिए हैं।''

फलवाला चकित हो गया। ''गुरुदेव, वे तो आपको रोज अपशब्द कहते हैं, और आप उनके लिए फल भेज रहे हैं?''

साधु ने उत्तर दिया, ''वह रोज यहां गालियां देने आते हैं। उसमें उनकी बहुत ऊर्जा खर्च होती होगी। उनकी सेहत को बनाए रखने के लिए ये फल ज़रूरी हैं। उनसे कहना कि जब भी उन्हें और फलों की ज़रूरत हो, मुझे बताएं।''

फलवाला पंडित के घर पहुंचा। और फलों की टोकरी उनके सामने रख दी। पंडित ने आश्चर्य से पूछा, ''मैंने तो फल नहीं मँगवाए, इन्हे किसने भेजा है?''

फलवाले ने कहा, ''यह उन साधु ने भेजा है, जो बाहर से गाँव में आए हैं।'' इतना सुनते ही वो पंडित क्रोधित हो गया कहने लगा ''इन फलों में ज़रूर कुछ मिला होगा।'' फलवाले ने कहा, ''वे तो आपके द्वारा गालियां दिये जाने के बावजूद आपके भले की सोचते हैं। उन्होंने कहा है कि ये फल आपकी ऊर्जा बनाए रखने के लिए हैं। रोज गालियां देने में बहुत ताकत लगती है। इन फलों से आपकी सेहत ठीक रहेगी।''

यह सुनकर पंडित अवाक रह गए। उनका चेहरा शर्म से झुक गया। उन्होंने सोचा, ''मैं उनको रोज अपशब्द कहता हूं, और वे मेरे भले की सोचते हैं।''

उनका हृदय पिघल गया। तुरंत वह साधु के आश्रम की ओर भागे। वहां पहुंचकर उन्होंने साधु के चरणों में गिरकर कहा, ''गुरुदेव, आपने मेरी आंखें खोल दीं। असली तपस्या दूसरों से प्रेम करना है। लेकिन मैं अहंकार और ईर्ष्या में इतना डूबा था कि मैंने अपने मन को ही दूषित कर लिया। आपने मुझे सच्चा मार्ग दिखाया। मैं आपका आभारी हूं। कृपया मुझे अपना शिष्य बना लें।''

उस दिन से पंडितजी साधु के आश्रम में रहने लगे और उनसे ज्ञान अर्जित किया। उन्होंने समझा कि गुस्से और ईर्ष्या से जीवन में कुछ हासिल नहीं होता। असली शांति दूसरों के प्रति प्रेम और सहनशीलता में है।

यह कहानी हमें सिखाती है कि कई बार, जब कोई हमें गाली देता है या हमारे बारे में कुछ बुरा कहता है, तो हमारी पहली प्रतिक्रिया यही होती है कि उससे बदला कैसे लिया जाए। लेकिन अगर हम इस स्थिति को एक अलग दृष्टिकोण से देखें, तो यह भी हो सकता है कि उस व्यक्ति के पास ऐसा व्यवहार करने के पीछे कोई मजबूरी हो।

इसलिए हमारी जिम्मेदारी बनती है कि हम उस व्यक्ति की परिस्थिति को समझें, समस्या की जड़ तक जाएं, और यह जानने की कोशिश करें कि उसे सही राह पर लाने के लिए क्या किया जा सकता है। हर व्यक्ति के भीतर एक ही ऊर्जा, एक ही ईश्वर का अंश होता है।

अगर हम केवल शरीर के स्तर पर, किसी के कहे हुए बुरे शब्दों को दिल पर ले लेंगे, तो हम कभी भी किसी के जीवन में सकारात्मक बदलाव नहीं ला सकते। किसी व्यक्ति को सही राह पर लाने के लिए, हमें गहराई में जाकर यह समझना होगा कि वह ऐसा व्यवहार क्यों कर रहा है। जब हम इस दृष्टिकोण से सोचते हैं, तो कई बार हम लोगों को उनके सही मार्ग पर वापस ला सकते हैं।

35

तीन फिल्टर (सुकरात और उसके दोस्त की कहानी)

यह कहानी उन लोगों के लिए है जिनके जीवन में कोई फिल्टर नहीं होता। कोई भी व्यक्ति कोई भी जानकारी लेकर आता है, और वे बिना सोचे-समझे उसे सुन लेते हैं। इसके बाद वे उस बेकार जानकारी के बारे में सोचते रहते हैं और जीवन भर परेशान रहते हैं, जैसे, ''उसने ऐसा कहा था, उसने वैसा किया था।''

यह कहानी हमें यह सिखाती है कि अगर हम अपनी जिंदगी में तीन फिल्टर का उपयोग करें, तो ऐसी कोई समस्या नहीं होगी, जिससे हम मानसिक या बौद्धिक रूप से परेशान हों।

एक बार की बात है, सुकरात के पास उसका एक पुराना दोस्त मिलने आया। यह वही दोस्त था जो बचपन में उसके साथ पढ़ता और खेलता था। कई सालों बाद वे दोनों एक-दूसरे से मिले। मिलते ही वे गले लगे और पुरानी यादें ताजा करने लगे। फिर उन्होंने साथ बैठकर खाना खाया।

खाने के दौरान, उसका दोस्त बोला, ''मैं तुम्हें एक बात बताना चाहता हूं। तुम्हारे एक दोस्त के बारे में मुझे कुछ पता चला है, और यह तुम्हारे लिए जानना बहुत ज़रूरी है।''

सुकरात ने मुस्कुराते हुए कहा, ''ठीक है, लेकिन पहले हम एक प्रयोग करेंगे। जो भी जानकारी तुम मुझे बताने आए हो, उसे तीन फिल्टर से गुजारना होगा। उसके बाद ही मैं यह तय करूंगा कि मुझे इसे सुनना चाहिए या नहीं।''

यह सुनकर उसका दोस्त हैरान हो गया। उसने सोचा, ''यह कैसी अजीब बात कर रहा है सुकरात!'' लेकिन फिर उसने कहा, ''ठीक है, चलो, यह प्रयोग करके देख लेते हैं।''

तो सुकरात ने अपने दोस्त से पूछा, ''जो बात तुम मुझे बताना चाहते हो, क्या वह सत्य है?''

दोस्त ने उत्तर दिया, ''सत्य है या नहीं, यह तो मैं नहीं जानता। लेकिन मैंने सुना है कि कोई ऐसा कह रहा था। हो सकता है कि वह सत्य हो, और यह भी हो सकता है कि वह असत्य हो।''

सुकरात ने कहा, ''अगर तुम्हें यह भरोसा नहीं है कि वह बात सत्य है, तो मुझे उसे सुनने की कोई आवश्यकता नहीं है। यदि यह सत्य होती, तो मैं उसे अवश्य सुनना चाहता। लेकिन जब तुम्हें स्वयं इसका पता नहीं है, तो मैं उसे क्यों सुनूं?''

फिर सुकरात ने कहा, ''अब हम दूसरे फ़िल्टर पर चलते हैं। क्या उस बात में कोई ऐसी चीज़ है, जो मेरे लिए अच्छी हो, जिससे मेरे जीवन में कुछ सकारात्मक हो सकता है?''

दोस्त ने उत्तर दिया, ''नहीं, उसमें कुछ भी अच्छा नहीं है। वह तो तुम्हारे दोस्त की बुराई है, और किसी की बुराई करना खुद में ही एक बुरी बात है।''

सुकरात ने कहा, ''जब वह बात अच्छी नहीं है, तो उसे सुनने की भी कोई आवश्यकता नहीं है। मैं अपने दिमाग में बुरी चीजें नहीं डालना चाहता। चलिए, अब तीसरे फ़िल्टर पर आते हैं।''

उन्होंने पूछा, ''जो बात तुम मुझे बताना चाहते हो, क्या उसमें मेरी कोई भलाई है?''

दोस्त ने कहा, ''भलाई कैसे हो सकती है? वह तो तुम्हारे दोस्त की बुराई है। अगर वह बुराई है, तो उसमें तुम्हारी भलाई कैसे हो सकती है?''

सुकरात ने मुस्कुराते हुए कहा, ''जब उस बात में सत्य नहीं है, उसमें कुछ अच्छा नहीं है, और वह मेरी भलाई के लिए भी नहीं है, तो मुझे वह क्यों सुननी चाहिए? तुम्हें भी यह बात मुझे बताने की आवश्यकता क्यों है?''

यह सुनकर उसका दोस्त हड़बड़ा गया। उसके मन में यह विचार आया कि सुकरात बिल्कुल सही कह रहा है। ''मैं यह बेकार बात लेकर आ गया हूँ, लेकिन न तो मैं यह जानता हूँ कि यह सत्य है, न ही यह जानता हूँ कि यह किस प्रकार लाभकारी है।''

सुकरात के तीन फ़िल्टर ने उसे गहराई से प्रभावित किया। उसने यह ठान लिया कि वह भी इस शिक्षाप्रद विचार को अपनी जिंदगी में लागू करेगा। आगे चलकर, इस सीख ने उसकी ज़िंदगी में बहुत मदद की।

यह कहानी हमें सिखाती है कि कई बार लोग हमारे जीवन में आकर अपनी अनावश्यक बातें हमारे दिमाग में डाल जाते हैं। इन बातों का हमारे जीवन से कोई संबंध नहीं होता, लेकिन फिर भी हम उन्हें सुनते हैं और अपने दिमाग को कचरे से भर लेते हैं। यह अनावश्यक विचार हमारे मन की शांति को छीन लेते हैं।

जब हमारा दिमाग कचरे से भर जाता है, तो यह हर समय इधर-उधर भागता रहता है। कभी एक विचार पर, कभी दूसरी बात पर। फिर हम शिकायत करते हैं कि हमारे जीवन में शांति नहीं है।

अगर हमें अपने दिमाग और जीवन को शांत और सकारात्मक बनाना है, तो हमें फ़िजूल की बातें सुनना बंद करना होगा। केवल उन्हीं बातों को सुनें जो आपके काम की हैं, और बाकी बातों पर ध्यान न दें। जब आप ऐसा करेंगे, तो आप देखेंगे कि आपका जीवन शांति और संतोष से भरने लगा है।

36

साधु के कमंडल की कहानी (हर रोज ध्यान)

ध्यान एक ऐसी प्रक्रिया है जिसे हमें प्रतिदिन करना चाहिए। यदि हम इसे न करें, तो हमारा मन धीरे-धीरे गंदा होता जाएगा, और एक समय ऐसा आएगा जब हमारा मन हमारे नियंत्रण में नहीं रहेगा। तब जीवन की शांति और सुख भंग हो जाएंगे।

एक साधु थे, जो अपने आश्रम में रहते थे। उनका आश्रम बहुत सुंदर और स्वच्छ था। वह स्वयं और उनके शिष्य मिलकर आश्रम की साफ-सफाई और अन्य कार्यों का ध्यान रखते थे। गुरुजी के पास एक कमंडल था, जिसे वे अपने आश्रम की तरह ही बहुत साफ-सुथरा रखते थे। वह शिष्यों को रोज उस कमंडल को देते और कहते, ''इसे चमका कर लाओ।''

शिष्य उसे रोज़ चमकाकर लाते, लेकिन धीरे-धीरे उन्हें यह कार्य उन्हे थोड़ा थकाने वाला लगने लगा। एक दिन, शिष्यों ने गुरुजी से कहा, ''गुरुजी, क्या हम इस कमंडल को हफ्ते में सिर्फ़ एक बार साफ कर सकते हैं? यह पीतल का है, और इसे रोज़ साफ करें या हफ्ते में एक बार, कोई खास फ़र्क नहीं पड़ेगा।''

गुरुजी ने कहा, ''ठीक है।'' इस प्रकार एक हफ़्ता बीत गया। जब शिष्य कमंडल लेने गए, तो गुरुजी ने कहा, ''वह कमंडल वहीं रखा है,

जाकर उठा लो।'' शिष्य कमंडल लेकर आए और उसे साफ करना शुरू किया। लेकिन अब उस पर बहुत गंदगी जम चुकी थी, और उसे साफ करना बेहद कठिन हो गया था। उन्हें कमंडल को साफ करने में एक घंटे से भी अधिक समय लगा, फिर भी वह पूरी तरह चमक नहीं पाया।

इसी दौरान गुरुजी वहां आए उन्होंने शिष्यों को काम में व्यस्त देखा तो मुस्कुराए और पूछा, ''क्या हुआ? साफ नहीं हो रहा है?''

शिष्य थोड़ा शर्मिंदा हुए, लेकिन अपने काम में लगे रहे। उन्होंने कहा, ''गुरुजी, कर रहे हैं, बस अभी हो जाएगा।''

गुरुजी ने कहा, ''मैंने यह कार्य तुम्हें शर्मिंदा करने के लिए नहीं दिया है। मैं तुम्हें एक महत्वपूर्ण संदेश देना चाहता था।''

उन्होंने समझाया, ''ध्यान प्रक्रिया हमारे मन को साफ करने के समान है। हमारा मन हर दिन गंदा होता है। बाहरी लोग आते हैं, तरह-तरह की जानकारी और बातें हमारे दिमाग में डालते हैं, जिससे हमारा मन अशुद्ध होता जाता है। यदि इसे रोज़ साफ न किया जाए, तो एक हफ्ते बाद इसे साफ करने में बहुत समय और प्रयास लगेगा। तब हमारा मन इतना कठोर हो जाएगा कि ध्यान करते समय भी यह शांत नहीं होगा।

इसलिए, ध्यान को अपने जीवन का एक नियमित हिस्सा बनाओ। यह हमारे मन को स्वच्छ और स्वस्थ रखने की प्रक्रिया है। प्रतिदिन थोड़ा-थोड़ा ध्यान करो, भले ही सिर्फ़ 5 मिनट के लिए। रोज़ का ध्यान हमारे मन को सकारात्मक और निर्मल बनाए रखता है।''

यह बात शिष्यों को पूरी तरह समझ आ गई। उन्होंने उसी दिन से प्रतिदिन ध्यान करना शुरू कर दिया और अपने जीवन को बेहतर बनाने की दिशा में आगे बढ़ गए।

यह कहानी हमें सिखाती है कि हम जीवन में अपनी बाहरी व्यस्तताओं में इतने खो जाते हैं कि अपने मन की स्वच्छता और शांति का ध्यान नहीं रखते। 'ध्यान' कोई दूसरी प्राथमिकता नहीं होनी चाहिए। यह एक ऐसी प्रक्रिया है, जो हमारे मन को साफ करती है और उसे संतुलित बनाए रखती है। यदि इसे नियमित रूप से न किया जाए, तो हमारा मन इतना गंदा हो जाएगा कि उसे संभालना कठिन हो जाएगा। इसलिए, प्रतिदिन थोड़े समय के लिए ही सही, ध्यान ज़रूर करें।

37

सुकरात और बच्चे का कटोरा (समंदर को कटोरे में भरना)

यह कहानी हमें यह सिखाती है कि यदि हमारे अंदर ''मैं'' का अहंकार है, तो हम परमात्मा या ईश्वर को कभी प्राप्त नहीं कर सकते और अपने भीतर भी नहीं जा सकते। जिस दिन हमारा ''मैं'' समाप्त हो जाएगा, उसी दिन हमें परमात्मा का साक्षात्कार हो सकता है। इसलिए, हमारे और परमात्मा के बीच सबसे बड़ी अड़चन यही ''मैं'' है।

एक समय की बात है, सुकरात समुद्र के किनारे टहल रहा था। उसकी आदत थी कि वह कभी जंगलों में, कभी पहाड़ों पर, तो कभी समुद्र के किनारे शांतिपूर्वक घूमा करता था। टहलते-टहलते उसने देखा कि एक छोटा बच्चा, हाथ में कटोरा लिये समुद्र के किनारे खड़ा है। वह उसमें बार-बार पानी भर रहा है और रो रहा है।

सुकरात यह देखकर उसके पास गया और पूछा, ''बेटा, तुम क्यों रो रहे हो? क्या परेशानी है? अगर मैं तुम्हारी मदद कर सकूं, तो मुझे खुशी होगी।''

बच्चा पहले तो कुछ नहीं बोला। लेकिन सुकरात के दोबारा पूछने पर उसने कहा, ''मेरी परेशानी यह है कि मैं इस कटोरे में समुद्र को भरने की कोशिश कर रहा हूँ, लेकिन समुद्र इसमें समा ही नहीं रहा है। मैं बार-बार इसे भरता हूँ लेकिन समुद्र का पानी कम होता हुआ भी नहीं दिखता।''

यह सुनकर सुकरात जमीन पर बैठ गया और जोर-जोर से रोने लगा। क्योंकि सत्य और परमात्मा के खोजी लोग छोटी-छोटी चीज़ों में भी गहरे अर्थ खोज लेते हैं।

बच्चा यह देखकर घबरा गया और पूछा, ''तुम क्यों रो रहे हो? तुम्हारा कटोरा कहाँ है? क्या तुम्हारे कटोरे में भी समुद्र नहीं आ रहा है?''

सुकरात ने कहा, ''भगवान ने मुझे तुम्हारे माध्यम से एक बड़ा संदेश दिया है। मैं अपनी छोटी सी बुद्धि में इस संसार के अथाह ज्ञान को भरने की कोशिश कर रहा था। लेकिन वह उसमें समा नहीं रहा था। मेरी बुद्धि, इस कटोरे की तरह, समुद्र के सामने बहुत छोटी है। और यह ब्रह्मांडीय ज्ञान, समुद्र की तरह अनंत है।''

यह सुनकर बच्चा मुस्कुराया और अपने कटोरे को समुद्र में फेंक दिया। फिर उसने कहा, ''ठीक है, अगर समुद्र मेरे कटोरे में नहीं आ सकता, तो मैंने अपने कटोरे को समुद्र में मिला दिया। अब कटोरा और समुद्र एक ही हैं। इसे कटोरा मान लो या समुद्र, दोनों अब अलग नहीं हैं।''

सुकरात ने यह दृश्य देखा और बच्चे के शब्द सुने। उसने महसूस किया कि यह बच्चा परमात्मा का संदेशवाहक है। सुकरात ने अपनी बुद्धि को ब्रह्मांड के ज्ञान में समर्पित करने का संकल्प लिया। इसके बाद उसने अपना पूरा जीवन ईश्वर को समर्पित कर दिया और परम ज्ञान और मोक्ष की प्राप्ति की।

यह कहानी हमें सिखाती है कि हम अपने बारे में कई बार सीमित धारणाएँ बना लेते हैं, जैसे ''हम इतने ही बड़े हैं'' या ''हम सबसे श्रेष्ठ हैं।'' लेकिन सच्चाई यह है कि हम सभी इस ब्रह्मांड के अनंत खेल का हिस्सा हैं। यह समझना बहुत ज़रूरी है कि हम किसी से अलग नहीं हैं।

अगर हमें अलग होने का अहंकार है, तो वह झूठा है। जिस दिन हम यह समझ जाते हैं कि हमारा अहंकार झूठा है, उसी दिन हम उस परम शक्ति के हिस्सेदार बन जाते हैं, जो इस ब्रह्मांड को चला रही है।

38

दूसरों के कहने पर अपने निर्णय बदलना (मकड़ी के जाल की कहानी)

जब तक हम अपनी ज़िंदगी के फैसले दूसरों की राय पर बदलते रहेंगे, तब तक कामयाबी पाना बेहद कठिन होगा। जिस भी रास्ते पर हम चलेंगे, अगर किसी ने रोक दिया, तो हम ठहर जाएंगे और अपनी दिशा बदल लेंगे।

एक मकड़ी थी, जो एक घर में रहती थी। उसने यह तय किया कि वह ऐसा जाल बनाएगी जिसमें कीड़े फंस जाएँगे और फिर वह आराम से उन्हें खा सकेगी। मकड़ी ने घर में ऐसी जगह ढूंढनी शुरू की, जहाँ सबसे ज़्यादा कीड़े आते हों। उसने देखा कि एक कोने में बहुत सारे कीड़े भिनभिना रहे हैं। उसने सोचा, ''मैं इस कोने में जाल बनाऊंगी। यहाँ बहुत सारे कीड़े फंसेंगे और मुझे ज़्यादा मेहनत नहीं करनी पड़ेगी।''

मकड़ी ने जाल बनाना शुरू कर दिया। जाल आधा बन चुका था कि वहाँ से एक बिल्ली गुजरी। बिल्ली ने पूछा, ''यह क्या कर रही हो?''

मकड़ी ने जवाब दिया, ''मैं जाल बना रही हूँ। इसमें कीड़े फंसेंगे, और मैं उन्हें आराम से खाऊंगी।''

बिल्ली बोली, ''तू तो पागल है! इस कोने में तो कीड़े आते ही नहीं। यहाँ जाल बनाना बेकार है। तू खिड़की के पास जाल बना। वहाँ कीड़े बाहर से अंदर आएंगे और तेरे जाल में फंस जाएंगे।''

मकड़ी को यह बात ठीक लगी। उसने सोचा, ''बिल्ली सही कह रही है।'' उसने खिड़की पर जाल बनाना शुरू कर दिया। जाल लगभग पूरा हो चुका था कि वहाँ से एक चिड़िया गुजरी।

चिड़िया ने पूछा, ''यह क्या कर रही हो?''

मकड़ी ने कहा, ''मैं जाल बना रही हूँ। इसमें कीड़े फंसेंगे, और मैं आराम से उन्हें खाऊंगी।''

चिड़िया बोली, ''तू तो पागल है! खिड़की में जाल बनाएगी तो हवा चलेगी और तेरा जाल उड़ जाएगा। फिर इसमें कीड़े कैसे फंसेंगे? न तो तेरा जाल रहेगा, न कीड़े मिलेंगे। किसी ऐसी जगह जाल बना जहाँ हवा न आती हो।''

मकड़ी को यह भी सही लगा। उसने सोचा, ''चिड़िया ने सही कहा।'' मकड़ी ने घर में देखा और पाया कि एक पुरानी अलमारी रखी हुई है। उसने सोचा, ''यहीं जाल बनाऊंगी। यहाँ कीड़े फंसेंगे और हवा भी नहीं आएगी।''

मकड़ी ने अलमारी पर जाल बनाना शुरू कर दिया। जाल लगभग पूरा हो चुका था कि वहाँ से एक चूहा गुज़रा ।

चूहा बोला, ''यह क्या कर रही हो?''

मकड़ी ने कहा, ''मैं जाल बना रही हूँ।''

चूहा हँसते हुए बोला, ''तू तो पागल है! तुझे पता नहीं कि इस घर का मालिक इस अलमारी को दो-तीन दिन में बेचने वाला है। तेरा जाल भी इसके साथ चला जाएगा।''

यह सुनकर मकड़ी थककर बैठ गई और रोने लगी, ''अब मैं क्या करूँ? मैंने तीन बार अपनी जगह बदली, लेकिन सही जगह नहीं मिली। अब तो मेरे अंदर जाल बनाने की भी हिम्मत नहीं बची।''

चूहा वहाँ से हँसते हुए चला गया। तभी वहाँ से कुछ चींटियाँ गुजरीं। मकड़ी ने उनसे पूछा, ''अब मैं क्या करूँ? मैंने दूसरों की बातों में आकर अपने सारे फैसले बदल दिए। अब मेरे अंदर कोई ताकत नहीं बची।''

चीटियां मुस्कुराईं और बोलीं, ''हम अपनी हिम्मत और निर्णयों पर भरोसा करते हैं। लेकिन तुझे देखकर लग रहा है कि तूने अपने सारे फैसले दूसरों की बातों में आकर बदल दिए। जैसे-जैसे लोग तुझसे कुछ कहते गए, वैसे-वैसे तू अपना रास्ता बदलती रही। ऐसे लोग, जो अपने फैसले बार-बार दूसरों की राय पर बदलते रहते हैं, वे कभी भी जीवन में सफलता नहीं पा सकते। कामयाबी उन्हीं को मिलती है, जो अपने फैसलों पर डटे रहते हैं।''

मकड़ी को यह बात समझ में आ गई। लेकिन तब तक उसकी हालत ऐसी हो चुकी थी कि वह एक और जाल नहीं बना सकती थी। वो मकड़ी वहीं गिरकर मर गई।

यह कहानी हमें सिखाती है कि जीवन में जब हम किसी रास्ते पर चलने का निर्णय लेते हैं, तो दूसरों की बातों में आकर उसे बार-बार बदलते नहीं रहना चाहिए। जब तक हम अपने फैसले पर विश्वास नहीं करेंगे, तब तक कामयाबी हासिल करना मुश्किल होगा।

इसलिए, जीवन में निर्णय लेने से पहले अच्छे से सोचें, शोध करें, और यह सुनिश्चित करें कि वह रास्ता सही है। लेकिन एक बार जब निर्णय ले लें, तो उस पर डटे रहें। चाहे दुनिया कुछ भी कहे, जब तक अपने लक्ष्य तक न पहुँच जाएँ, तब तक रुकें नहीं।

39

कोई हमारी निंदा करे और हम पर कोई फ़र्क न पड़े

अगर कोई हमारी निंदा करे और इस निंदा का हम पर कोई फ़र्क न पड़े, तो समझ लो कि हम जीवन जीना सीख गए हैं। हम ऐसी स्थिति में पहुँच चुके हैं जहाँ हम बिना किसी परेशानी के, किसी भी परिस्थिति से आराम से बाहर निकल सकते हैं।

एक गुरु थे। वह अपने शिष्य से मिलने गाँव में गए। गाँव में पहुँचने पर वह एक-दो दिन वहीं रुके। क्योंकि वह परम आत्मा थे, गाँव के लोग उनकी ओर आकर्षित होने लगे और उनसे प्रभावित होने लगे। कुछ ही दिनों में उनके पास बहुत भीड़ लगने लगी। जो भी लोग अपनी परेशानियाँ लेकर उनके पास आते, उनकी परेशानियाँ खत्म हो जातीं, और गुरुजी उन्हें सही समाधान बता देते थे। गुरु और उनके शिष्य गाँव में बड़े आराम से रह रहे थे।

लेकिन उस गाँव में एक पंडित जी भी थे, जो पुराने गुरु थे। उन्हें पता चला कि अब गाँव के लोग नए गुरुजी के पास जाने लगे हैं। इस बात का उन्हें बहुत बुरा लगा। अक्सर देखा गया है कि जिनके भीतर गहराई नहीं होती, वे दूसरों से जल्दी चिढ़ जाते हैं और उनके भीतर ईर्ष्या का भाव आ जाता है। पंडित जी के साथ भी ऐसा ही हुआ।

पंडित जी गाँव के सभी पूजा-पाठ करवाते थे, लेकिन अब उनके पास कोई नहीं जाता था। यह देखकर पंडित जी को बहुत जलन होने लगी। एक

दिन उन्होंने गाँव के सारे लोगों को बुलाया और कहा, "तुम लोग पागल हो! मैं तुम्हें हमेशा सही-सही बातें बताता था, और यह नया गुरु जो आया है, वह झूठा और धोखेबाज़ है। वह तुम्हें गलत बातें बताकर फंसा रहा है। इसलिए मैं चाहता हूँ कि तुम लोग उसके पास जाना बंद कर दो।"

लेकिन गाँव के लोगों को सच्चाई पता थी। वे जानते थे कि गुरुजी कैसे व्यक्ति हैं, इसलिए वे उन्हीं के पास जाते रहे।

गुरुजी के शिष्यों को जब इस बात का पता चला, तो उन्हें बहुत बुरा लगा। उन्होंने गुरुजी से कहा, "गुरुजी, अगर आप आज्ञा दें, तो हम पंडित जी से जाकर बात करना चाहते हैं। वे आपके बारे में गलत बातें क्यों फैला रहे हैं?"

गुरुजी ने मुस्कुराते हुए कहा, "बेटा, एक बात हमेशा याद रखना। जो पंडित जी मेरे बारे में कह रहे हैं, वह उनकी राय है। लेकिन मुझे पता है कि मैं वैसा नहीं हूँ। मुझे यह साबित करने की कोई आवश्यकता नहीं है। अगर मैं अपने आप को अच्छे से जानता हूँ, तो दुनिया कुछ भी कहे, उससे मुझे कोई फ़र्क नहीं पड़ना चाहिए।

तुम भी यह बात याद रखना। अगर कोई तुम्हारी निंदा करे, तो उस निंदा को अपने अंदर मत आने देना। क्योंकि तुम खुद को दूसरे व्यक्ति से बेहतर जानते हो।"

गुरुजी की यह बात शिष्य को समझ आ गई। यह ज्ञान पाकर वह खुश हो गया और अपना जीवन गुरुजी की शिक्षा के अनुरूप जीने लगा।

यह कहानी हमें सिखाती है कि कई बार लोग हमारे बारे में ऐसी बातें कह देते हैं जो सच नहीं होतीं। जब हमें किसी और से पता चलता है कि कोई व्यक्ति हमारे बारे में ऐसा कह रहा है, तो हमें चिंतित होने की बजाय खुश होना चाहिए। क्योंकि उसे यह भी नहीं पता कि हम असल में कैसे हैं।

यदि हम खुद को अच्छे से समझते हैं, तो किसी की निंदा का हमारे ऊपर कोई असर नहीं पड़ेगा। लेकिन यदि हम अपने आप को नहीं समझते, तो कोई भी व्यक्ति कुछ भी कहेगा, और हम उसे सच मान लेंगे।

इसलिए, सबसे ज़रूरी है कि हम खुद को पहचानें और समझें कि हम कौन हैं और कैसे हैं। जब ऐसा होगा, तो दुनिया कुछ भी कहे, हमारे ऊपर उसका कोई असर नहीं होगा।

40

108 बार नाम जप करते हुए ईश्वर पर ध्यान (गुरु का शिष्यों के साथ खेल)

ध्यान से ईश्वर को पाया जा सकता है, अपने आप को समझा जा सकता है, और इस ब्रह्मांड की सारी सच्चाइयों को जाना जा सकता है। लेकिन वैसा ध्यान नहीं, जैसा हम आजकल करते हैं। क्योंकि हमारे ध्यान करने का तरीका अब बिल्कुल बदल चुका है। जिस ध्यान का ज्ञान हमें बताया गया था, उसका यहाँ नामोनिशान नहीं है, और हम ध्यान के नाम पर पता नहीं क्या-क्या कर रहे हैं।

एक गुरुजी थे, जिनके बहुत सारे शिष्य थे। उनकी शिक्षा-दीक्षा बहुत अच्छे तरीके से चल रही थी। गुरुजी अपने शिष्यों को नई-नई और गहराई वाली बातें सिखाते थे। लेकिन कुछ दिनों से वे देख रहे थे कि शिष्य जिस ध्यान की विधि का अभ्यास कर रहे हैं, वह उन्होंने कभी सिखाई ही नहीं थी। इस बात से गुरुजी को चिंता होने लगी। उन्होंने सोचा कि शिष्यों को यह कैसे समझाया जाए।

एक दिन, गुरुजी के मन में एक विचार आया। उन्होंने अपने सभी शिष्यों को बुलाया और कहा, ''आज आप सबको ध्यान की एक नई विधि सिखाई जाएगी। इसे बहुत ध्यान से करना है, जैसा बताया जाएगा, वैसा ही करना है।''

सभी शिष्य बहुत उत्साहित और खुश हो गए। उन्होंने सोचा, ''आज कुछ नया सीखने को मिलेगा।'' गुरुजी ने कहा, ''सोने से पहले, आप सबको 108 बार ईश्वर का नाम जपना है और उस पर ध्यान केंद्रित करना है। जितना समय लगे, उतने समय तक ध्यान करना है। उसके बाद ही सोना है।''

सभी शिष्य खुशी-खुशी अपने घर चले गए। उन्होंने वही किया, जैसा गुरुजी ने बताया था।

अगले दिन सुबह, सभी शिष्य आश्रम में इकट्ठा हुए। गुरुजी ने सभी को बुलाकर पूछा, ''आप सबने जैसा बताया गया था, वैसा ध्यान लगाया?'' सभी शिष्य एक साथ बोले, ''हाँ, गुरुजी। हमने 108 बार ईश्वर का नाम लिया और उस पर ध्यान केंद्रित किया।''

लेकिन उनमें एक बच्चा, जो शिष्य था, पीछे खड़ा हुआ था। वह कुछ नहीं बोल रहा था। गुरुजी ने उसे देखकर पूछा, ''बेटा, तुमने ध्यान क्यों नहीं लगाया? तुम कुछ बोल क्यों नहीं रहे?''

वह बच्चा गर्दन झुकाकर खड़ा था। उसने कहा, ''गुरुजी, मैं ध्यान नहीं लगा पाया।'' यह सुनकर बाकी शिष्य उसकी ओर देखकर हँसने लगे। वे बोले, ''यह तो बहुत ही सरल था। आराम से गिनते हुए ध्यान लगाया जा सकता था।''

गुरुजी ने उस बच्चे से पूछा, ''बेटा, तुम ध्यान क्यों नहीं लगा पाए?''

बच्चे ने उत्तर दिया, ''गुरुजी, जब मैं गिनती करने जाता था, तो ईश्वर पर ध्यान लगाना भूल जाता था। और जब ईश्वर पर ध्यान लगाता था, तो गिनती भूल जाता था। इसी कशमकश में मैं पूरी रात जागता रहा, लेकिन ध्यान नहीं कर पाया।''

गुरुजी ने उसे पास बुलाया और उसे गले से लगा लिया। गुरुजी ने मुसकुराते हुए कहा, ''यही असली ध्यान है। तुम सब अगर गिनती कर सकते थे, तो तुमने ईश्वर पर ध्यान कैसे लगाया? ध्यान तो केवल एक ही चीज़ पर केंद्रित हो सकता है। यह बच्चा सही कह रहा है। इसने असल में ध्यान लगाने की कोशिश की थी। जीवन में जब भी ध्यान लगाओ, तो केवल एक ही चीज़ पर ध्यान केंद्रित करो। इस प्रकार ध्यान लगाने से आपका मन केंद्रित होना शुरू हो जाएगा।''

गुरुजी की इस सीख से सभी शिष्यों को बहुत लाभ हुआ। अब वे जब भी ध्यान करते, इस बात का ध्यान रखते थे।

इस कहानी से हम सीखते हैं कि ध्यान के नाम पर आजकल कई प्रक्रियाएँ और विधियाँ चल पड़ी हैं। बहुत सारी किताबें और ऐप्स भी आ गए हैं। लेकिन ध्यान का असली मतलब क्या है, यह समझना ज़रूरी है।

ध्यान का सही अर्थ है कि आप ''प्रेजेंट मोमेंट'' में आ जाएँ, यानी अभी, इसी वक़्त, इसी पल में रहें। ध्यान का मतलब यह नहीं कि आप केवल बैठकर ही ध्यान कर सकते हैं। यदि आप खेलते हुए, चलते हुए, या कुछ भी करते हुए वर्तमान में आ सकते हैं, तो आप ध्यान कर रहे हैं।

ध्यान का असली उद्देश्य है खुद को वर्तमान में केंद्रित करना। यही सच्चा ध्यान है।

41

एक हाथ का जूडो प्लेयर (जापानी स्टोरी)

यह कहानी हमें सिखाती है कि जो हमारी सबसे बड़ी कमी लगती है, वही हमारी सबसे बड़ी ताकत बन सकती है। इसलिए यह समझना बहुत ज़रूरी है कि हमारी जो भी कमियां हैं, क्या उनमें कोई अवसर छुपा हो सकता है?

जापान में एक लड़का था, जो जूडो सीखना चाहता था। उसकी बहुत ख्वाहिश थी कि वह एक दिन बहुत बड़ा जूडो प्लेयर बने। लेकिन एक बड़ी समस्या यह थी कि उसका एक हाथ नहीं था। इस वजह से वह जहां भी जाता, वहां के कोच उसे लेने से इनकार कर देते थे। वह इससे बहुत परेशान रहता था, लेकिन फिर भी अपने स्तर पर कुछ न कुछ सीखता रहता था। उसके अंदर जूडो सीखने की गहरी इच्छा और लगन थी।

एक दिन वह रास्ते से गुजर रहा था, तो उसने देखा कि एक कोच जूडो की ट्रेनिंग दे रहे हैं। वह उनके पास गया और कहा, ''मुझे आपके यहां एडमिशन लेना है।'' कोच ने उसकी तरफ देखा और कहा, ''तुम्हारा तो एक हाथ नहीं है।'' लड़के ने जवाब दिया, ''हाथ नहीं है, तो क्या हुआ? लेकिन मेरे अंदर बहुत लगन है। मैं आपको वचन देता हूं कि एक दिन मैं बहुत बड़ा खिलाड़ी बनूंगा, अगर आप अपना हाथ मेरे सिर पर रख दें।''

लड़के की बात से कोच बहुत प्रभावित हुए और उन्होंने उसे अपनी अकादमी में दाखिला दे दिया। कोच उसे रोज कोचिंग देने लगे। कुछ दिनों बाद लड़के ने देखा कि वह केवल एक ही मूव सीख रहा है। इस बात से परेशान होकर वह कोच के पास गया और पूछा, ''गुरुजी, मैं इतने दिनों से सिर्फ़ एक ही मूव सीख रहा हूं। बाकी तकनीकें और मूव्स कब सीखूंगा? कंपटीशन में तो मुझे सारी तकनीकों की ज़रूरत पड़ेगी।''

गुरुजी ने कहा, ''जो तुम्हें सिखाया जा रहा है, उस पर ध्यान दो। बाकी की चीजें तुम धीरे-धीरे सीखोगे। लेकिन इस मूव में तुम्हें पूर्णता हासिल करनी है।'' लड़का गुरुजी का बहुत आदर करता था, इसलिए उसने जैसा कहा गया, उसने वैसा ही किया।

जब वह कंपटीशन में गया, तो पहली फाइट उसने आसानी से जीत ली। दूसरी भी जीत ली और सेमीफाइनल में पहुँच गया। सेमीफाइनल में भी फाइट कठिन थी, लेकिन उसने जैसे-तैसे जीत हासिल की। अब वह फाइनल में पहुँच गया।

फाइनल में उसका विरोधी बहुत मज़बूत था। फाइट शुरू होते ही ऐसा लगा जैसे विरोधी उसे आसानी से हरा देगा। रेफरी ने कहा, ''इस फाइट को यहीं रोक देना चाहिए। इसका कोई मतलब नहीं है। विरोधी इसे आसानी से हरा देगा।''

लेकिन कोच ने कहा, ''थोड़ी देर और देखते हैं। अगर तब भी लगता है कि यह हार रहा है, तो फाइट रोक देंगे।'' रेफरी मान गए। फाइट फिर शुरू हुई। अचानक लड़के ने वही मूव किया और विरोधी को सिर के बल उठाकर पटक दिया। उस एक मूव की वजह से उसने फाइट जीत ली।

सभी लोग तालियाँ बजाने लगे। रेफरी और दर्शक हैरान थे कि यह कैसे हो गया। लड़का खुद भी आश्चर्यचकित था। उसने सोचा, ''सिर्फ़ एक मूव से मैं यह फाइट कैसे जीत गया? मेरे विरोधी के पास तो सारे मूव्स थे।''

लड़का गुरुजी के पास गया और पूछा, ''गुरुजी, मैंने सिर्फ़ एक मूव से इतने मज़बूत विरोधी को कैसे हरा दिया?''

गुरुजी ने कहा, ''बेटा, जो मूव तुमने सीखा था, वह बहुत दुर्लभ है। बहुत कम लोग इस मूव को जानते हैं। सबसे बड़ी बात यह है कि इस मूव

का तोड़ यही है कि दाहिने हाथ को पकड़कर इस मूव को रोका जा सकता है। लेकिन तुम्हारे पास दाहिना हाथ है ही नहीं। इस वजह से तुम्हारा विरोधी इस मूव को रोक नहीं पाया और हार गया।''

यह कहानी हमें सिखाती है कि अगर वह लड़का चाहता, तो अपने हाथ की कमी को लेकर जीवनभर बैठा रह सकता था। वह सोच सकता था, ''मेरे पास एक ही हाथ है। मैं कुछ नहीं कर सकता।'' लेकिन उसने कोशिश की, और वही कमी उसकी सबसे बड़ी ताकत बन गई।

इसलिए, जब भी हमें लगे कि हमारे पास कुछ नहीं है, तो एक बार यह ज़रूर सोचना चाहिए कि क्या यही कमी हमारी जीत का कारण बन सकती है। बहुत ज़्यादा संभावना है कि वही हमारी सफलता का आधार बन जाए।

42

डिप्रेस्ड व्यक्ति की कहानी
(हाई स्कूल रजिस्टर)

यह कहानी उन लोगों के लिए है, जिन्हें जीवन में ऐसा लगता है कि वे हर क्षेत्र में प्रयास कर रहे हैं, लेकिन उन्हें सफलता नहीं मिल रही है। इस असफलता की वजह से वे डिप्रेशन में जा रहे हैं और ऐसा महसूस कर रहे हैं कि उनकी ज़िंदगी बर्बाद हो गई है। जिनको लगता है कि बाकी लोग तरक्की कर रहे हैं, लेकिन मैं नाकामयाब होता जा रहा हूँ ।

एक व्यक्ति को महसूस होने लगा कि वह डिप्रेशन में जा रहा है। जहां भी वह काम करता, कुछ ही दिनों में उसे लगता कि वह उस काम में सफल नहीं होगा। यह सोचकर वह काम अधूरा छोड़ देता। इस आदत के कारण वह गम और डिप्रेशन में रहने लगा। उसकी पत्नी को भी यह महसूस हुआ कि उसके पति डिप्रेशन में जा रहे हैं।

उन्होंने मिलकर तय किया कि किसी काउंसलर से मिलेंगे और अपनी परेशानी बताएंगे। अगले दिन, वे काउंसलर के पास पहुंचे। काउंसलर ने पूछा, ''आपको क्यों लगता है कि आप डिप्रेशन में हैं?'' व्यक्ति ने जवाब दिया, ''मैंने हर क्षेत्र में प्रयास किया, लेकिन कहीं सफलता नहीं मिली। जिस भी व्यक्ति पर भरोसा करता हूं, वह मुझे धोखा दे देता है। मुझे ऐसा लगता है कि मेरी जिंदगी बर्बाद हो रही है। मैं पूरे दिन चिंता करता रहता हूं।''

काउंसलर ने कहा, "मैं आपकी बात समझ गया, लेकिन मैं चाहता हूं कि आप एक काम करके आएं। इसके बाद तय करेंगे कि आप वाकई डिप्रेशन में हैं या नहीं।" उन्होंने कहा, "आप अपने हाई स्कूल जाइए, वहां के रजिस्टर से अपनी क्लास के सभी बच्चों के नाम और संपर्क जानकारी निकालिए। फिर उन सबको कॉल कीजिये और उनकी मौजूदा स्थिति के बारे में जानकारी लाकर मुझे बताइए।"

व्यक्ति को यह सुझाव थोड़ा अजीब लगा। उसने सोचा, "यह पुरानी बात है, इससे मेरी जिंदगी का क्या संबंध?" लेकिन उसने तय किया कि काउंसलर की बात माननी चाहिए। उसने सोच समझकर ही ऐसा करने को कहा होगा। वह अपने हाई स्कूल गया, रजिस्टर निकाला, और 120 नामों की सूची बनाई। उसमे से 80-85 लोगों से ही संपर्क हो पाया।

जब उसने उनसे उनकी वर्तमान स्थिति के बारे में पूछा, तो उसे पता चला कि :

- कुछ लोग अपने घर या पत्नी को लेकर परेशान थे।
- कुछ लोग आर्थिक तंगी का सामना कर रहे थे।
- कुछ अपराधी बन चुके थे, जिनसे बात करना मुश्किल था।
- कुछ शारीरिक रूप से अक्षम हो गए थे।
- कुछ लोग संतान न होने से दुखी थे।
- कुछ शादी न होने की वजह से परेशान थे।

हर किसी की जिंदगी में बड़ी समस्याएं थीं। यह सब जानने के बाद उस व्यक्ति ने अपनी जिंदगी पर नज़र डाली। उसने महसूस किया कि उसकी जिंदगी में बच्चे, पत्नी, पैसे, माता-पिता, और कई अन्य खुशियां थीं। तब उसे समझ आया कि उसकी जिंदगी वास्तव में बहुत सुंदर है।

अगले दिन वह काउंसलर के पास गया। काउंसलर ने पूछा, "क्या आपने उन सभी से बात की?" वह व्यक्ति हंसने लगा और बोला, "अब मुझे समझ आ गया कि आपने ऐसा क्यों कहा था। मेरी जिंदगी अब मुझे बहुत खूबसूरत लगने लगी है। मुझे अब काउंसलिंग की ज़रूरत नहीं है। मैं

आपका धन्यवाद करता हूँ, आपने मेरी जिंदगी बदल दी। अब मैं अपनी जिंदगी को पूरी खुशी के साथ जीने जा रहा हूं।''

इस कहानी से हमें यह सीख मिलती है कि हम अक्सर उन चीज़ों पर ध्यान केंद्रित करते हैं जो हमारी जिंदगी में नहीं हैं। लेकिन हमारी जिंदगी में ऐसी कई चीजें होती हैं जो बेहद कीमती होती हैं। अगर कुछ भी नहीं है, तो कम से कम हमारा शरीर तो है, जिसके माध्यम से हम बहुत कुछ कर सकते हैं। इस दुनिया में ऐसे भी लोग हैं जिनके पास वो भी नहीं है। अगर कभी डिप्रेशन महसूस हो, तो अपनी जिंदगी पर एक बार पीछे मुड़कर ज़रूर नज़र डालना।

43

शास्त्र ज्ञान के होते हुए भी परम ज्ञान को नहीं जाना जा सकता।

यह कहानी हमें सिखाती है कि बाहरी रूप से अर्जित किया गया ज्ञान हमें सच्चा ज्ञानी नहीं बना सकता।

एक साधु था, जिसकी एक छोटी सी झोपड़ी थी। वह उसमें रहता था और हर शाम दीपक जलाकर शास्त्रों का पठन करता था। वह ज्ञान को समझने और जानने की चेष्टा में निरंतर लगा रहता था। धीरे-धीरे उसे यह अहसास होने लगा कि उसे ज्ञान हो गया है, और वह खुद को ज्ञानी मानने लगा। गांव के लोग जब उससे मिलने आते, तो वह उन्हें ज्ञान की बातें समझाने लगता। लेकिन अनजाने में, उसके भीतर यह अहंकार भी घर कर गया कि वह गांव के अन्य लोगों से कई गुना अधिक जानता है।

एक रात, वह अपनी झोपड़ी में बैठा शास्त्र पढ़ रहा था। दीपक जल रहा था। तभी अचानक तेज हवा चली और दीपक बुझ गया। दीपक बुझते ही उसने देखा कि झोपड़ी में चांद की रोशनी भर गई, जिससे पूरी झोपड़ी जगमगा उठी। उस क्षण उसे एहसास हुआ कि एक छोटे से दीपक की लौ चांद की इतनी विशाल रोशनी को झोपड़ी में आने से रोक रही थी।

उसे विचार आया, ''क्या ऐसा हो सकता है कि मेरी छोटी सी बुद्धि, जिसमें मैंने शास्त्रों का थोड़ा सा ज्ञान भर रखा है, उसी के कारण इस ब्रह्मांड

के असीमित ज्ञान कां प्रवेश नहीं हो पा रहा हो? क्या मेरे भीतर भरी यह जानकारी कचरे की तरह है, जो मुझे परम ज्ञान से दूर रख रही है?''

इस प्रश्न ने उसके भीतर गहरी जिज्ञासा उत्पन्न कर दी। उसने शास्त्रों का पठन बंद कर दिया और ध्यान लगाना शुरू कर दिया। ध्यान के अभ्यास के साथ वह परम ज्ञान की ओर बढ़ने लगा। उसे यह महसूस हुआ कि अभी तो उसके पास सागर में एक बूंद के बराबर भी ज्ञान नहीं है जबकि संसार में जानने के लिए बहुत कुछ है।

धीरे-धीरे उसने अपने अहंकार को त्याग दिया और ध्यान व साधना के मार्ग पर चलते हुए एक दिन परम ज्ञानी बन गया।

कई बार हमारे साथ ऐसा होता है कि हम छोटे-मोटे शास्त्रों को पढ़कर खुद को ज्ञानी समझने लगते हैं और हमें यह घमंड हो जाता है कि हम बहुत कुछ जानते हैं। लेकिन इन छोटे-मोटे शास्त्रों से हमने अपने ऊपर जो ज्ञान की एक परत ज़मा ली है, उसे हटाने की ज़रूरत है।

जिस दिन यह परत हट जाएगी, उस दिन हमें एहसास होगा कि हम वास्तव में कुछ भी नहीं जानते। हम शून्य हैं। और जो परम ज्ञान है, वह तो हर जगह खुला और सहज रूप से उपलब्ध है। बस, हम उसे अर्जित करने की कोशिश नहीं करते।

जिस दिन यह समझ आ जाती है, उसी दिन हम परम ज्ञान की ओर पहला कदम बढ़ा देते हैं, पहली सीढ़ी चढ़ जाते हैं।

44

दो बहनों की कहानी
(आटे की कहानी)

यह कहानी उन लोगों के लिए है जो यह कहते हैं कि सभी कामों और जिम्मेदारियों से निवृत्त होकर ही ध्यान करेंगे और उस परम लक्ष्य की ओर चल पड़ेंगे।

दो बहनें थीं जो गेहूं लेकर आटा पिसवाने गई थीं। आटा पीसते समय, उनमें से एक बहन कुछ गेहूं उठाकर मुंह में डालकर खाने लगी। दूसरी बहन ने कहा, ''अभी इसे इस तरह मत खाओ। पहले इसे अच्छे से पीसेंगे, फिर इससे आटा बनेगा, आटे से रोटियां बनेंगी, और रोटियों पर घी लगाकर सब्जी के साथ खाएंगे, तो बहुत स्वाद आएगा। इसमें अभी क्या स्वाद है जो इसे सूखा-सूखा खा रही हो?'' लेकिन वह बहन सूखा-सूखा ही खाती रही, और दूसरी बहन आटा पिसवाने में लगी रही।

जब आटा पिस गया, तो उन्होंने आटे को बोरी में भरा और घर ले जाने लगीं। रास्ते में कीचड़ आया। उन्होंने सोचा कि इसे कैसे पार किया जाए। फिर उन्होंने तय किया कि निकल जाते हैं। लेकिन जैसे ही वे कीचड़ से गुजरने लगीं, आटे की बोरी कीचड़ में गिर गई और सारा आटा खराब हो गया।

वहां पर कबीर दास जी खड़े हुए थे। उन्होंने यह सब देखा और कहा :

कबीर आटा पड़यो कीच में। कछु न आयो हाथ।।
पीसत पीसत चाबयो। सो ही निभयो साथ।।

अर्थ : कबीर कहते हैं कि एक औरत किसी के घर से आटा पिसवाकर लाई, रास्ते में उसका आटा कीचड़ में गिर गया। उसके हाथ कुछ नहीं आया। चक्की पीसते-पीसते उसने जितने दाने चबा लिए, वही उसके काम आए।

यह कहानी हमें बहुत बड़ा संदेश देती है। हम सब लोग जिंदगी में इतने व्यस्त हो जाते हैं, इतनी जिम्मेदारियां अपने सिर पर ले लेते हैं कि जीवन के परम लक्ष्य को भूल जाते हैं। हम वे सब कुछ करते रहते हैं जिनका कोई स्थायी महत्व नहीं है और जो हमारे साथ नहीं जाएगा।

हमने कई लोगों को यह कहते सुना होगा कि पहले नौकरी लग जाए, फिर शादी हो जाए, फिर बच्चे हो जाएं, फिर बच्चों को बड़ा करना है, उनकी शादी करनी है, आदि। इस तरह से उनकी पूरी जिंदगी तय हो जाती है। वे कहते हैं कि जब यह सब कुछ हो जाएगा, तब ध्यान करेंगे और मेडिटेशन करेंगे।

लेकिन अगर हमने इस धरती पर जन्म लिया है, तो सबसे पहली चीज़ ईश्वर का ध्यान करना है, अपने पास आना है। बाकी चीजें सेकेंडरी हैं। ये ऐसी चीजें हैं, जिन्हें न भी करें तो जीवन अच्छी तरह चल सकता है। लेकिन हमने इन सब चीज़ों को अपनी जिंदगी का सबसे महत्वपूर्ण हिस्सा बना लिया है।

इसलिए यह समझना बहुत ज़रूरी है कि हमारे जीवन का परम लक्ष्य क्या है। जिस दिन हम इस लक्ष्य को समझ लेते हैं, उस दिन हमें यह भी पता चलता है कि जीवन बहुत छोटा है और कभी भी समाप्त हो सकता है। इसलिए, अपने आप को समझना और परम ज्ञान को प्राप्त करना बेहद आवश्यक है।

45

ऋषि और चूहे के अहंकार की कहानी

यह कहानी हमें बताती है कि जीवन में कई बार हमारा घमंड हमें कब पकड़ लेता है, इसका हमें पता ही नहीं चलता। इसलिए यह समझना बहुत आवश्यक है कि घमंड को हर समय देखना और पहचानना चाहिए ताकि हम उसे पकड़ भी सकें और नियंत्रण में भी रख सकें।

एक ऋषि थे, जो अपनी कुटिया में जंगल में रहते थे। एक दिन, वे तपस्या कर रहे थे और ध्यान में बैठे हुए थे, तभी अचानक उन्होंने चूहे की बहुत तेज़ चिल्लाने की आवाज सुनी। उनकी आंखें खुल गईं। उन्होंने देखा कि एक कौवा अपनी चोंच में चूहे को दबाए खड़ा है। चूहा तड़प रहा था, चिल्ला रहा था और छूटने की गुहार लगा रहा था। यह सब देखकर ऋषि से रहा नहीं गया।

ऋषि भागकर गए और कौवे से चूहे को छुड़ा लिया। फिर उन्होंने चूहे को पानी पिलाया और एक जगह बैठा दिया। चूहा बहुत जोर से कांप रहा था। ऋषि ने पूछा, "तुम कांप क्यों रहे हो? अब तो तुम बच गए हो।" चूहे ने जवाब दिया, "मुझे डर है कि वह कौवा फिर से आकर मुझे खा लेगा।"

ऋषि ने कहा, "तो तुम क्या चाहते हो?" चूहे ने कहा, "मुझे बिल्ली बना दीजिए।" ऋषि ने मंत्र पढ़ा और उसे बिल्ली बना दिया। अब चूहा बहुत खुश हो गया। वहां जितने भी चूहे और पक्षी थे, वे सभी उससे डरने लगे।

कुछ समय बाद, वह ऋषि के पास दौड़ता हुआ आया। वह बहुत हांफ रहा था और डरा हुआ था। ऋषि ने पूछा, ''क्या हुआ? तुम इतने डरे हुए क्यों हो?'' उसने कहा, ''मेरे पीछे कुत्ते पड़ गए थे। उन्होंने मुझे लगभग मार ही दिया था। इसलिए मैं चाहता हूं कि आप मुझे कुत्ते से भी बड़ा कोई जीव बना दें।''

ऋषि ने अपने कमंडल से पानी निकाला, मंत्र पढ़ा और उसे शेर बना दिया। शेर बनने के बाद उसका घमंड आसमान छूने लगा। जंगल में अब वह किसी से नहीं डरता था, लेकिन अन्य सभी जानवर उससे डरते थे। वह जहां भी जाता, वहां भगदड़ मच जाती।

एक दिन, उसने देखा कि ऋषि तपस्या कर रहे हैं। उसके मन में विचार आया, ''अगर कभी ऋषि का दिमाग बदल गया और उन्होंने मुझे फिर से चूहा बना दिया, तो मैं कहीं का नहीं रहूंगा। मुझे इन्हें ही खत्म कर देना चाहिए।'' यह सोचकर वह ऋषि की ओर बढ़ने लगा।

लेकिन ऋषि परम ज्ञानी थे वो अपनी अंतर्दृष्टि से सब समझ गए। उन्होंने उसे शेर बनाया था, तो चूहा भी बना सकते थे। जैसे ही वह शेर ऋषि के पास पहुंचा, ऋषि ने आंखें खोलीं, मंत्र पढ़ा और उसे फिर से चूहा बना दिया।

चूहा अपने पुराने रूप में लौटकर ज़ोर-ज़ोर से रोने और गिड़गिड़ाने लगा, ''मुझे क्षमा कर दीजिए। मैं ऐसी गलती दोबारा कभी नहीं करूंगा। मुझे फिर से शेर बना दीजिए। मैं जंगल छोड़कर चला जाऊंगा।''

ऋषि ने कहा, ''तुम्हारा अहंकार तुम्हें गड्ढे में ले गया है। अब तुरंत यहां से चले जाओ।'' यह सुनकर चूहा वहां से भाग गया।

यह कहानी हमें यह संदेश देती है कि जब हमें जीवन में कोई चीज़ आसानी से मिल जाती है, तो हमें घमंड हो जाता है कि हम विशेष हैं। लेकिन यह समझना चाहिए कि शायद यह किसी की कृपा हो, जिसकी वजह से हमें सफलता मिल रही हो। इसलिए घमंड नहीं करना चाहिए। हमें अपनी सफलता का लाभ दूसरों को भी देना चाहिए। अगर आप तरक्की कर रहे हैं, तो अपने आसपास के लोगों की तरक्की के बारे में भी सोचें। यही जीवन का असली उद्देश्य है।

46

चार पणिहारन
(साधु को अध्यात्म का ज्ञान)

यह कहानी उन लोगों के लिए है जो ऊपर से तो साधु जैसा व्यवहार करते हैं, लेकिन अंदर से अभी भी संसार में विचरण करते हैं। उनकी आकांक्षाएं और ख्वाहिशें संसार से जुड़ी हुई हैं। परंतु ऊपर से वे यह दिखावा करते हैं कि वे संत बन चुके हैं और उनके अंदर किसी भी प्रकार का लालच या अहंकार नहीं है।

एक साधु थे, जो निरंतर विचरण करते रहते थे। वे एक गांव से दूसरे गांव और एक आश्रम से दूसरे आश्रम घूमते रहते थे। वे कहीं भी स्थायी रूप से रुकते नहीं थे। एक दिन, वे एक गांव के पास से गुज़र रहे थे। वहां एक कुआं था। उन्होंने सोचा कि पानी पीकर थोड़ी देर विश्राम कर लिया जाए, क्योंकि वे लंबा सफर तय करके आए थे।

उन्होंने कुएं का पानी पिया और पास के एक पेड़ के नीचे लेट गए। वहां एक पत्थर पड़ा हुआ था, जिसे उन्होंने उठाकर अपने सिर के नीचे रख लिया और आराम से आंखें बंद करके सो गए। इतने में एक पणिहारन (पानी भरने वाली स्त्री) वहां आई। उसने साधु को देखा और कहने लगी, "यह कैसा साधु है, जो सबकुछ छोड़कर मोह-माया से दूर यहां आ गया है, लेकिन अपने मन का मोह-माया अभी तक नहीं छोड़ पाया है। यह तो बिना तकिए के सो भी नहीं सकता है।"

जैसे ही साधु ने यह बात सुनी, वह तुरंत खड़ा हो गया और पत्थर को अपने सिर के नीचे से हटा दिया।

थोड़ी देर बाद, वहां दूसरी पणिहारन आई। उसने साधु को देखा और बोली, ''यह कैसा साधु है, जिसने सब मोह-माया छोड़ दी, लेकिन इसका गुस्सा अभी भी नहीं गया है। इसने पत्थर को कितने गुस्से से फेंका है! इसे हम साधु कैसे मान लें?''

साधु ने जब यह बात सुनी, तो वह और भी परेशान हो गया कि ये लोग उसके बारे में क्या-क्या बातें कर रही हैं।

तभी तीसरी पणिहारन वहां आई। उसने साधु को देखकर कहा, ''आप कैसे साधु हैं, जो समाज के कहने पर अपने फैसले बदल लेते हैं। आपकी खुद की कोई सोच नहीं है। आप अभी भी समाज पर निर्भर हैं।''

अब साधु की समझ में कुछ भी नहीं आ रहा था कि उसे क्या करना चाहिए।

तभी वहां चौथी पणिहारन आई, जो इन सबसे अधिक बुद्धिमान थी। उसने साधु को देखकर कहा, ''मुझे लगता है कि आप अभी भी संसार में रमे हुए हैं। संसार की बातों और लोगों की राय का आप पर बहुत प्रभाव पड़ता है। यदि आपको सच्चा सन्यास प्राप्त करना है, तो आपको सांसारिक बातों का असर अपने ऊपर से खत्म करना होगा। आपको अपने भीतर ध्यान केंद्रित करना होगा। जब आप अपने आप को जान लेंगे, तब संसार की किसी भी बात का आप पर कोई प्रभाव नहीं पड़ेगा।''

साधु ने जब यह बात सुनी, तो उन्हें बहुत बड़ा ज्ञान हुआ। उन्हें एहसास हुआ कि एक पणिहारन ने उन्हें सच्चा अध्यात्म सिखाया है। साधु ने उस पणिहारन के पैर छुए और अपने मार्ग पर आगे बढ़ गए।

यह कहानी हमें यह सिखाती है कि हम अक्सर दूसरों की राय के आधार पर अपने बारे में सोचते हैं। हम अपनी काबिलियत और क्षमताओं का मूल्यांकन दूसरे लोगों की बातों के आधार पर करते हैं। यह बहुत ज़रूरी है कि हम अपने जीवन के सभी फैसले स्वयं करें और अपनी आंतरिक आवाज़ को सुनें।

जीवन के हर पड़ाव पर अलग-अलग लोग मिलेंगे, जो अलग-अलग बातें करेंगे। यदि हम उनकी बातों को महत्व देंगे, तो भटकने की संभावना बढ़ जाती है। चाहे हम सही मार्ग पर चल रहे हों या गलत मार्ग पर, दूसरों की बातों का असर हमें विचलित कर सकता है। इसलिए, विशेषकर अध्यात्म के मार्ग पर चलते समय, हमें समाज की बातों को अनसुना करना चाहिए। तभी हम सच्ची आध्यात्मिक प्रगति कर सकते हैं।

47

मनुष्य का लालच (चावल की बोरी)

यह कहानी हमें सिखाती है कि मनुष्य के दुखी रहने का मुख्य कारण क्या है। सबकुछ होने के बावजूद और सारी खुशियां उपलब्ध होने पर भी मनुष्य दुखी क्यों रहता है?

एक रास्ता था, जो शहर और गांव को जोड़ता था। उस रास्ते पर एक ट्रक जा रहा था, जिसमें चावल की बोरियां भरी हुई थीं। रास्ते में बहुत गड्ढे थे। ट्रक जब एक बड़े गड्ढे से गुज़रा, तो उसमें से एक बोरी उछलकर सड़क पर गिर गई। जैसे ही वह बोरी गिरी, वह फट गई और उसमें से कुछ चावल सड़क पर बिखर गए।

वहीं पास में कुछ चींटियों के घर थे। चींटियां आईं, छह-सात चावल के दाने उठाए, और खुशी-खुशी अपने घर चली गईं, क्योंकि उनके दिनभर के भोजन का इंतजाम हो गया था।

इसके बाद एक चूहा वहां आया। उसने देखा कि सड़क पर चावल बिखरे पड़े हैं। उसने उनमें से सौ-पचास दाने खाए और पेट भरकर खुशी-खुशी अपने घर चला गया।

फिर कुछ पक्षी आए। उन्होंने भी देखा कि चावल बिखरे हुए हैं। उन्होंने कुछ ग्राम चावल खाए, पेट भरा, और उड़कर चले गए।

इसके बाद एक गाय वहां आई। उसने एक-दो किलो चावल खाए, पेट भरकर संतुष्ट हुई, और खुशी-खुशी वहां से चली गई।

लेकिन इसके बाद, एक मनुष्य वहां से गुज़रा। उसने देखा कि सड़क पर चावल बिखरे पड़े हैं और पूरी बोरी खुली पड़ी हुई है। उसने तुरंत वह बोरी उठा ली, और जो चावल जमीन पर बिखरे हुए थे, उन्हें भी इकट्ठा कर बोरी में डाल दिया। फिर वह बोरी लेकर अपने घर चला गया।

इस कहानी से हमें एक महत्वपूर्ण बात सीखने को मिलती है। जितने भी जीव जन्तु वहां आए, सबने केवल उतना ही लिया, जितने से उनका पेट भर जाए। उनके अंदर कोई लालच नहीं था कि भविष्य के लिए कुछ बचाकर रखा जाए। उन्होंने अपना पेट भरा और खुशी-खुशी चले गए।

लेकिन मनुष्य एकमात्र ऐसा जीव है जिसका लालच कभी खत्म नहीं होता। अगर उसने केवल अपने और अपने परिवार के लिए सोचा होता, तो एक किलो चावल से सबका पेट भर जाता। परंतु उसके लालच ने उसे पूरी बोरी और सड़क पर बिखरे हुए चावल भी इकट्ठा करने के लिए प्रेरित किया।

जीवन में यदि हमें सच्ची खुशी चाहिए, तो यह तय करना बेहद ज़रूरी है कि हमें कितना चाहिए। क्योंकि मनुष्य का लालच कभी समाप्त नहीं होता। यह हमेशा बढ़ता ही जाता है। और जितना यह बढ़ता है, हमारी मन की शांति और खुशी उसी लालच के चक्कर में खत्म होती जाती है।

हमारे मन में यह कामना जागती रहती है कि और चाहिए, और चाहिए, और इस और की कोई सीमा नहीं होती। यह कभी खत्म नहीं होता। यही कारण है कि हमारे मन की शांति नष्ट हो जाती है। वर्तमान में जो खुशी मिल सकती है, वह केवल भविष्य के लिए एक सपना बनकर रह जाती है।

मनुष्य हर समय यही सोचता रहता है कि उसे और मिल जाए, और इसी कारण वह हमेशा अशांत रहता है।

48

दो फरियादी (राजा का गलत निर्णय)

यह कहानी उन लोगों के लिए है जो किसी छोटे से डर की वजह से सत्य नहीं बोलते, और इसकी वजह से किसी निर्दोष या नादान व्यक्ति को सजा मिल जाती है। इसका परिणाम सभी को भुगतना पड़ता है। यदि उस समय सत्य बोलने का साहस किया जाए, तो न केवल सही व्यक्ति को सजा दी जा सकती है, बल्कि भविष्य में होने वाले निर्णय भी न्यायपूर्ण हो सकते हैं।

एक दिन, एक राज्य के राजा के समक्ष दो फरियादी अपनी फरियाद लेकर आए। राजा अपने सिंहासन पर बैठा हुआ था। दोनों फरियादी उसके सामने खड़े थे, और दरबार में राज्य के सभी मंत्री, सिपाही, और अन्य लोग उपस्थित थे।

पहले फरियादी ने अपनी बात कहना शुरू की, लेकिन उस समय राजा अपने बच्चों के साथ खेल रहा था। राजा का ध्यान अपने बच्चों पर था, और वह फरियादी की बात ठीक से नहीं सुन पाया। इसके बाद, दूसरा फरियादी अपनी बात कहने लगा। इस बार राजा ने उसकी पूरी बात ध्यान से सुनी।

जब दोनों की बात समाप्त हो गई, तो राजा ने निर्णय सुनाया। दरबार में मौजूद सभी लोग ध्यानपूर्वक सुन रहे थे। लेकिन राजा ने निर्णय दूसरे फरियादी के पक्ष में दिया। यह सुनकर सभी दरबारी हैरान रह गए, क्योंकि पहले फरियादी की बात सही थी। फिर भी, किसी भी दरबारी ने राजा के

फैसले पर सवाल उठाने की हिम्मत नहीं की। इस वजह से पहले फरियादी को सजा हो गई।

दो-तीन दिन बाद, एक बच्चा दरबार में आया और राजा से बोला, ''महाराज, मैं आपसे एक प्रश्न पूछना चाहता हूं, क्योंकि इसका उत्तर केवल आप ही दे सकते हैं।'' राजा ने कहा, ''पूछो।''

बच्चे ने कहा, ''एक पड़ोसी राज्य में दो फरियादी अपनी फरियाद लेकर राजा के पास गए। जब पहले फरियादी ने अपनी बात रखनी शुरू की, तो राजा सो रहा था। दूसरे फरियादी के बोलने पर राजा जाग गया और उसकी पूरी बात सुन ली। निर्णय सुनाने के समय, राजा ने दूसरे फरियादी के पक्ष में फैसला दे दिया। लेकिन सच तो यह था कि पहले फरियादी की बात सही थी।''

यह सुनकर राजा ने कहा, ''यह तो बहुत गलत बात है। राजा को दोनों की बातें सुननी चाहिए थीं। यदि वह दोनों की बात नहीं सुन पाया, तो उसे निर्णय सुनाना ही नहीं चाहिए था। और अगर गलती से उसने निर्णय दे दिया था, तो दरबारियों को उसे टोकना चाहिए था।''

यह सुनकर बच्चा मुस्कुराया और बोला, ''महाराज, वह राजा और कोई नहीं, आप ही हैं। यही वह दरबार है, जहां दो दिन पहले ऐसा हुआ था।''

राजा यह सुनकर चौंक गया और पूछा, ''ऐसा कब हुआ?''

तभी दरबारियों ने बताया कि दो दिन पहले जब पहला फरियादी अपनी फरियाद सुना रहा था, तब आप अपने बच्चों के साथ खेल रहे थे। लेकिन दूसरे फरियादी की बात आपने पूरी सुनी और उसी के पक्ष में निर्णय दिया। पहला फरियादी निर्दोष है, और वह इस बच्चे का पिता है।

यह सुनकर राजा को अपनी गलती का एहसास हुआ। उसने तुरंत आदेश दिया कि पहले फरियादी को जेल से रिहा किया जाए और दूसरे फरियादी को सजा दी जाए। राजा ने उस बच्चे की बुद्धिमत्ता की प्रशंसा की और उसे अपने दरबार में स्थान दिया। साथ ही, सभी दरबारियों को फटकार लगाई।

राजा ने कहा, ''यदि भविष्य में राजा कोई गलती करता है, तो तुम्हारा कर्तव्य है कि उसे टोककर सही मार्ग दिखाओ। यदि तुम राजा की गलती पर चुप रहोगे, तो इस राज्य का विकास रुक जाएगा।''

यह कहानी हमें सिखाती है कि यदि वह बच्चा हिम्मत नहीं करता, तो एक निर्दोष को सजा मिल जाती, और दरबारियों की चुप्पी हमेशा के लिए बनी रहती। बच्चे की हिम्मत ने न केवल अन्याय को रोका, बल्कि दरबारियों को भी यह सिखाया कि राजा को सही मार्ग दिखाने का साहस करना चाहिए।

हमारी जिंदगी में भी कई बार ऐसा होता है कि हमारे सामने कुछ गलत हो रहा होता है, लेकिन हम डर की वजह से उसे अनदेखा कर देते हैं। इस कारण न केवल उस समय गलत हो जाता है, बल्कि भविष्य के निर्णय भी प्रभावित होते हैं। इसलिए, थोड़ा सा साहस दिखाकर गलत चीज़ को वहीं सुधारना चाहिए। इससे न केवल वर्तमान सुधरता है, बल्कि भविष्य भी उज्ज्वल होता है।

49

ताले और चाबी की कहानी (बल और प्रेम)

यह कहानी हमें सिखाती है कि यदि हमारे पास बल है, तो हमें यह भ्रम हो सकता है कि हम किसी के भी दिल को जीत सकते हैं। हम अपनी ताकत और स्थिति दिखाकर ऐसा करने की कोशिश करते हैं, लेकिन अक्सर हम इसमें असफल रहते हैं।

एक बार की बात है, एक ताले की दुकान थी जहाँ नए ताले बेचे जाते थे और पुराने ताले तोड़े जाते थे। लोग वहाँ ताले तुड़वाने या नई चाबियाँ बनवाने आया करते थे।

दुकान के मालिक के पास एक बड़ा सा हथौड़ा था। जब कोई पुराना ताला तुड़वाने लाया जाता, तो वह उस पर दो-तीन बार प्रहार करता, और ताला टूट जाता। अगर ताला बड़ा और मज़बूत होता, तो उसे चार या पाँच बार प्रहार करना पड़ता। ताला टूटकर खुल तो जाता, लेकिन बुरी तरह क्षतिग्रस्त हो जाता था।

एक दिन, जब दुकानदार दुकान बंद कर के घर चला गया, तो दुकान में रखे हथौड़े और चाबी ने आपस में बात करने लगे।

हथौड़ा ने, जो काफी दिनों से एक सवाल पूछना चाहता था, चाबी से कहा,

"क्या मैं तुमसे एक सवाल पूछ सकता हूँ?"

चाबी ने कहा,

"पूछो।"

हथौड़ा बोला,

"मैं इतना बलशाली हूँ। इतनी ताकत होने के बावजूद, जब मैं ताले को तोड़ने की कोशिश करता हूँ, तो मुझे उस पर कई बार प्रहार करना पड़ता है। तब ताला टूट जाता है, लेकिन खुलता नहीं है। और तुम? तुम इतनी छोटी और पतली हो, फिर भी तुम बिना किसी प्रहार के ताले को खोल देती हो। ऐसा कैसे होता है? ऐसा क्या है तुम्हारे अंदर जो मुझमें नहीं है?"

चाबी मुस्कुराई और बोली,

"यह बहुत सरल है। तुम्हारे पास बल है, और तुम अपने बल से ताले को तोड़ने की कोशिश करते हो। पर मेरे पास यह ताकत नहीं है। मैं ताले के अंदर जाती हूँ और उसके अंतरमन की गांठों को धीरे-धीरे खोल देती हूँ। इसीलिए, ताला बिना टूटे आसानी से खुल जाता है।"

यह कहानी हमें एक बड़ा संदेश देती है। कई बार हम अपनी ताकत, पावर, और प्रभाव दिखाकर किसी को जीतने की कोशिश करते हैं, लेकिन असली जीत तब होती है जब हम किसी के अंतरमन में झांक पाते हैं, उनकी भावनाओं और सोच को समझ पाते हैं।

जो व्यक्ति दूसरों के दिल को पढ़ना और समझना सीख लेता है, वही उन्हें सच्चे अर्थों में अपना बना सकता है। इसलिए, यदि आप किसी से सच्चा प्रेम करते हैं और उसे अपना बनाना चाहते हैं, तो आपको उसके मन की गहराइयों को समझने की कोशिश करनी चाहिए। बल से नहीं, बल्कि प्रेम और समझदारी से ही दिलों को जीता जा सकता है।

50

बकरे की कहानी (नानक साहब)

यह कहानी हमें एक गहरी सीख देती है। यदि इसे ठीक से समझ लिया जाए, तो जीवन में मृत्यु का जो भय है, उससे हम मुक्त हो सकते हैं।

कहा जाता है कि जब मनुष्य मरता है, तो उस समय उसका चित्त जिस वस्तु पर केंद्रित होता है - चाहे वह धन, गृहस्थी, या कोई अन्य वस्तु हो - वह उसे लौटकर उसी ओर खींच लाता है।

एक बार नानक साहब अपने शिष्यों के साथ एक मंडी से गुजर रहे थे। मंडी में सब्जियां, अनाज, और अन्य वस्तुएं बिक रही थीं, और वहां काफी भीड़ थी। नानक साहब ने देखा कि एक दुकानदार की बड़ी-सी दुकान थी, जिसमें बहुत सारा अनाज रखा हुआ था। वहां एक बकरा बार-बार उस अनाज को खाने की कोशिश कर रहा था, लेकिन खा नहीं पा रहा था क्योंकि दुकानदार उस पर नज़र रखे हुए था।

कुछ देर बाद दुकानदार का धैर्य जवाब दे गया। गुस्से में आकर उसने एक डंडा उठाया और बकरे के सिर पर चार-पांच जोरदार प्रहार कर दिए। इसके बावजूद बकरा वहां से हटा नहीं।

यह सब देखकर नानक साहब जोर से हंसने लगे। उनके शिष्य इस पर चौंक गए। उन्हें यह समझ नहीं आया कि नानक जी, जो करुणा और दया के प्रतीक हैं, किसी जानवर को पीड़ित होते देखकर हंस कैसे सकते हैं।

शिष्यों में से एक ने पूछा,

''गुरुदेव, आप इस अन्याय को देखकर हंस रहे हैं? कृपया हमें बताएं, क्योंकि आपका ऐसा स्वरूप हमने पहले कभी नहीं देखा।''

नानक जी ने मुस्कुराते हुए उत्तर दिया,

''जो बकरा तुम देख रहे हो, वह पूर्व जन्म में इस दुकान का मालिक था। और जो दुकानदार उसे मार रहा है, वह उसका बेटा है। जब यह व्यक्ति (दुकान का मालिक) मरा, तो उसका चित्त पूरी तरह अपनी दुकान और संपत्ति में लगा हुआ था। इसीलिए वह पुनर्जन्म लेकर बकरे के रूप में यहीं लौट आया।

इस व्यक्ति ने अपने जीवन में अपने बेटे को बहुत मारा-पीटा और अब उसका बेटा उसे (बकरे के रूप में) मार रहा है। लेकिन बकरे को यह ज्ञात नहीं कि वह इस दुकान का मालिक था, और न ही बेटे को यह पता है कि वह अपने पिता को मार रहा है। यही जीवन का खेल है।''

नानक साहब ने आगे कहा,

''जब तक मनुष्य मृत्यु से पहले अपने आप को और अपने चित्त को परमात्मा में नहीं लगाता, तब तक वह इसी संसार में किसी न किसी रूप में लौटता रहता है। उसका व्यक्तित्व और अस्तित्व गिरता चला जाता है। इसलिए, मरने से पहले अपने चित्त को उस परमात्मा में लगाओ, जो शाश्वत है, जिसका कभी अंत नहीं होता।

यह कहानी हमें एक गहरी सीख देती है। अगर हम समझना चाहें, तो स्पष्ट रूप से समझ सकते हैं कि जीवनभर जो भी हमने किया है, वही हमारे चित्त में मरते समय भी होगा। अक्सर हमें लगता है कि भले ही हमने पूरी जिंदगी पाप किए हों, लेकिन मरते समय हम कुछ अच्छा सोच लेंगे और सब ठीक हो जाएगा। परंतु ऐसा नहीं होता। मृत्यु के क्षणों में केवल वही सामने आता है, जो हमारे मन और चित्त में जीवनभर से भरा हुआ है।

इसीलिए यह अत्यंत आवश्यक है कि भले ही हमारी देह सांसारिक कार्यों में व्यस्त हो, हमारा चित्त परमेश्वर में लगा रहे। परमेश्वर का ध्यान और भक्ति ही हमें मोक्ष की ओर ले जा सकती है।

••• समाप्त •••